東京の編集者

山高登さんに話を聞く

はじめに

山高登さんは木版画家として知られています。昭和の風景を彫る鮮やかで、あたたかなその作品は多くのファンを持ち、毎年のように個展を開かれています。

山高さんは木版画家に転身される前は新潮社の文芸編集者でした。内田百閒、志賀直哉、上林暁らの担当をしながら、昭和二二年から五三年まで本をつくり続けました。

かつては山高さんの個展の在廊日に伺えば、当時の編集者時代の話をお聞きすることができました。しかし現在は九一歳で、ご自宅を出られることもほとんどありません。はじめてお会いした二〇一一年のときと比べれば、お話しされる量もずいぶんと減りました。

なるべく早いうちに山高さんの話をまとめ、それを本の形にして残したいと思ったのは、だんだんと目が見えなくなってきたとお電話で伺った二〇一六年の夏のことです。

同年の八月四日、九月二七日、一〇月六日の三日間、山高さんのご自宅を訪ね、かつて版画を彫ったという部屋でお話を伺いました。部屋にはご自身が装丁を手がけられたたくさんの本があり、画家たちが山高さんにプレゼントした貴重な絵がありました。

当初は聞き書きと編集された書籍の書影、そして書票のみを収録する予定でしたが、ご自宅で見せていただいたモノクロの写真がとても素晴らしかったので、急遽それらも収録することにいたしました。

これらの写真の多くは版画の制作のために撮影されたものです。


本書の成立は伊藤芳子さんの存在抜きには語れません。山高さんの熱心なファンである彼女が「山高先生、山高先生」とまわりの人々にその作品と仕事の魅力を伝え、本書の刊行のために奔走してくださいました。

また、山高悦子さんには原稿、資料の確認など、本書にかかわる多くの仕事を手伝っていただきました。

この場を借りて厚くお礼申し上げます。

二〇一七年三月　夏葉社　島田潤一郎

写真の話

仕事が休みになると、カメラを持って写真を撮りに出かけました。

築地や佃島なんていうところは、昭和三〇年代の時点でもすでに懐かしい場所で、あまりにもよく行くものだから、佃の渡しの一銭蒸汽の従業員たちとも仲良くなりました。

ぼくはずっと東京で暮らしてきました。父も祖父もその前もずっと東京です。ですから古い東京に惹かれるんです。焼けなかった東京。たとえば本郷とか鶯谷の近くとかです。あのあたりをウロウロ歩いていると二葉亭四迷がいまにも出てきそうな家があったりしました。

東京はオリンピックを境に変わっていきましたが、それでも一日中足を棒にして歩いていると、案外気がつかないところに戦前のままの風景が転がっていました。それでいいなあと思う場所に出会うと、フィルム四、五本をつかって写真を撮って、家に帰って現像と引き伸ばしをやっていました。

ぼくは大正一五年に十二社《じゅうにそう》という町で生まれましたが、あそこも戦争でほとんど焼けてしまいました。ぼくは古きよき東京を知らないままに焦土の中を歩き始めたようなものですから、昔ながらの東京を見つけると、かつてこの町に存在したはずの風景や生活の秩序なんかを思うんです。

写真を熱心に写していたのは昭和三〇年代から五〇年代ごろです。新潮社の写真部の連中の技術を見習って、カメラは古いライカなんかをつかっていました。

ぼくはあまりカラーを好みません。カラーは自分の自由にならない気がしました し、モノクロ写真のほうが構図の勉強になったんですね。

ぼくが古い東京に惹かれるのも、古い作家たちに惹かれるのも、そこに失われつつあるものを見ていたからなんだと思います。

昭和33年4月　渋谷

今は
死ぬ時でない
一時
STOP
停止
諸車通行止
CLOSED TO
ALL VEHICLES
東京都公安委員会
原歯科医院
質
松屋
質
楠本
歯科
原医院
パーマネント

右　昭和33年4月　渋谷
上　昭和33年12月2日　恵比寿

右　昭和33年　三田
左　昭和37年7月7日　麻布

上　昭和33年ごろ　丸の内・東京商工会議所
左　昭和33年5月　丸の内

12

昭和33年10月9日　日本橋

浅草六区　撮影年不明

昭和33年12月31日　浅草六区

上　昭和33年10月10日　本郷

左　昭和33年10月　本郷菊坂

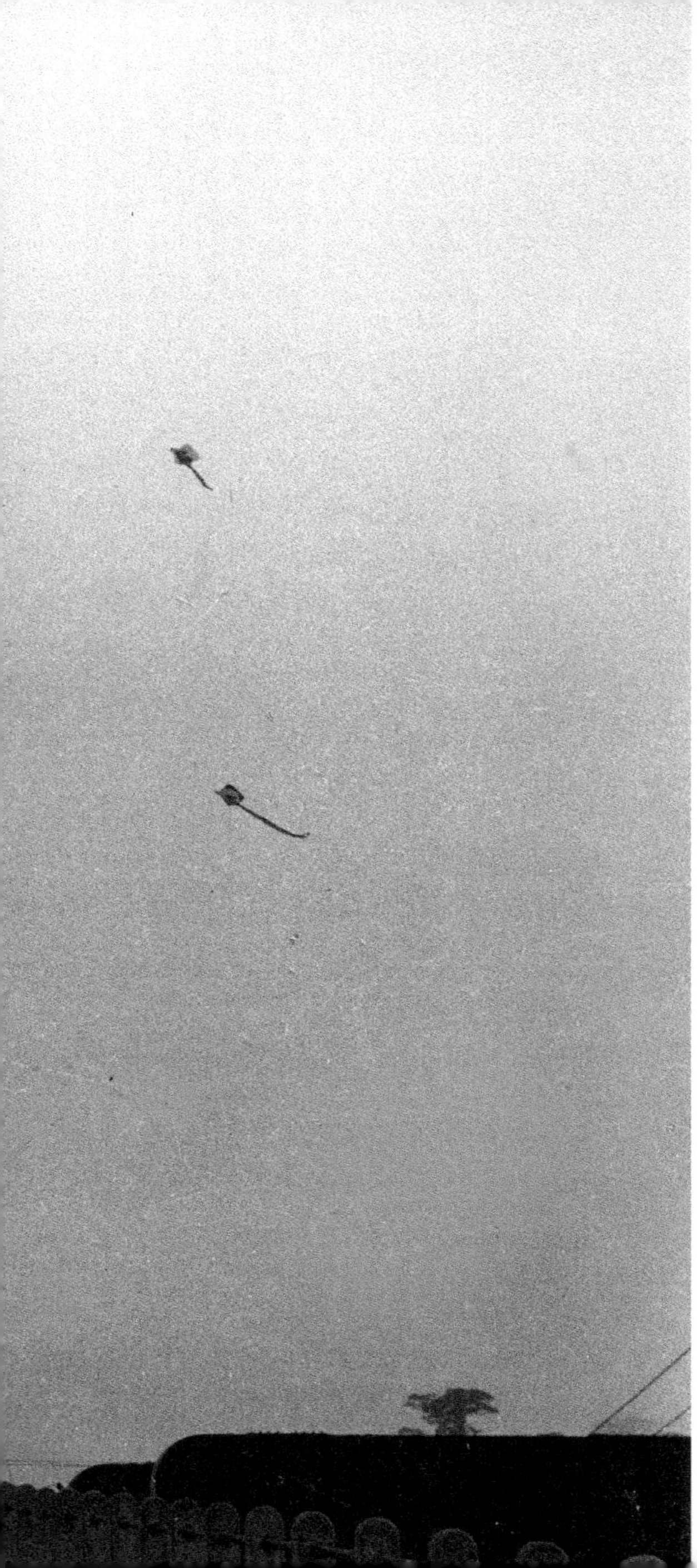

昭和33年12月21日　上中里

上·左　昭和37年8月7日　佃島

右　昭和35年4月29日　築地明石町

上　昭和37年5月22日　佃島

右・上　佃島　撮影年不明

昭和37年5月22日　佃島

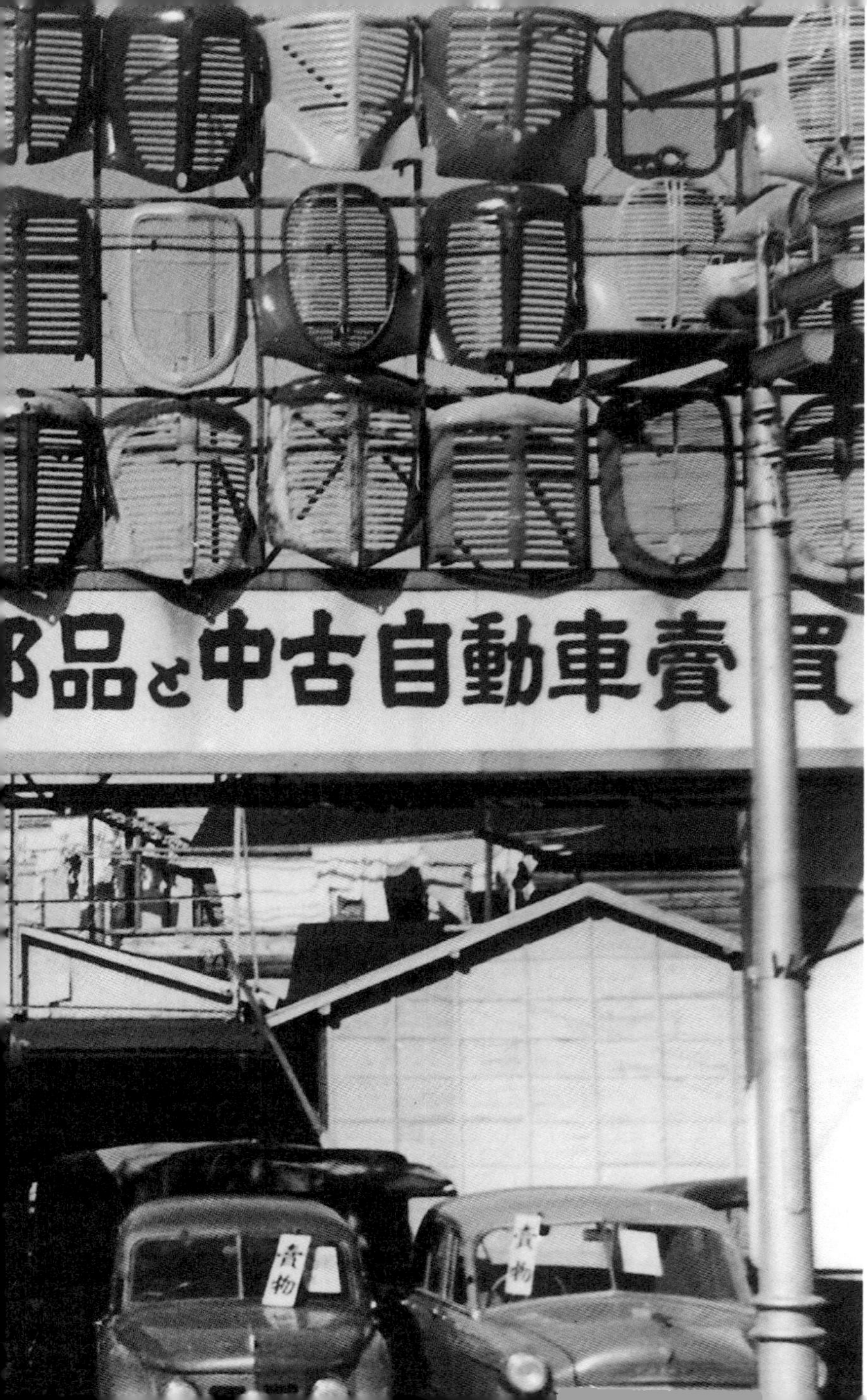

昭和36年2月10日　亀戸

ニッサントヨタダイスバダットサン
廻送

上　昭和38年ごろ　東京拘置所

左　昭和38年6月8日　四ツ木橋

右　昭34年8月　業平橋
上　昭和38年　新大橋

上　昭和34年1月2日　尾久
左　昭和36年2月18日　千住

昭和33年9月27日　新小岩

少年時代

　ぼくは十二社というところで幼少期を過ごしました。いまの西新宿四丁目あたりですね。

　十二社は日中戦争の軍需景気で栄えた花柳界の町で、夏の昼間に近所を歩いていると、大きな座敷で芸者たちがごろごろ昼寝をしているのが見えました。彼女たちは夕方になるとお風呂に行って、夜になるとお座敷で唄をうたっていました。ぼくが寝つくころに「あらあらあらさあ」なんて歌声が聞えてくるんですね。

　そのころの十二社にはまだお歯黒をした老妓もいました。幼いときはそれがわからなくて、ひどい虫歯の人がいるなあなんて、びっくりしたものです。

十二社を離れて目黒に越したのは中学の途中からです。孟母《もうぼ》三遷《さんせん》の教えではないですけれど、思春期の少年がこういう場所に住み続けるのはよくないと両親が考えたんでしょう。

うちの親父は船舶工学専攻の技術屋で、自宅の本棚には洋書やら何やらいかめしい本が並んでいました。でもある日、その裏に手を突っ込んでみたら、泉鏡花の本が出てきましてね。そのほかには『吾輩は猫である』もありました。普通の大きさの本ではなく縮刷版。

ぼくは親父の部屋にこもって勉強をするつもりだったんですが、泉鏡花に出会ってからはすっかり文学にいかれちゃって、勉強なんかなにもしませんでした。

中学は公立でなく、武蔵野にある明星学園という学校へ帝都電鉄で通っていました。ここは自由教育で有名な私立で、たとえば数学が〇点で国語が一〇〇点の生徒がいれば、普通なら合計の点数を二で割って五〇点の生徒ということになりますけれど、明星学園では国語が一〇〇点の生徒というふうに見てくれました。ぼくは数学とか理科とか自分が嫌いなものには見向きもしなかったので、ここの校風が合っていました。

明星学園には作家たちの息子がたくさん通っていました。恩地孝四郎さんの息子は合唱団をつくって、「毬は蹴りたし毬はなし」なんて歌っていて、四つ上の先輩には北原白秋の息子の隆太郎さんがいました。

隆太郎さんはぼくが学校に向かって歩いていると、「おはよう」といって自転車でサッと追い越していくんです。とても素敵な人で、大好きになりました。

学校のまわりにはなにもなくて、川をのぞけばメダカが泳いでいました。田んぼの中にはイモリがいて、田舎ってこんなにもいいものなのかなあと思っていました。

いまの武蔵野とは全然違ったんです。

学生のころの話

明星学園には五年間通って、それから昭和一七年に明治大学の予科に入学しました。

そのころの明治大学には授業を受けたくなるようないい先生が揃っていたんです。だから明治を選んだんですが、戦争がはじまったばかりでしたから実際は年中休講でした。小林秀雄の授業を受けることもかなわなかったし、丹羽文雄も教室には出てきませんでした。覚えているのは阿部知二ですが、真面目な授業であまり面白くなかったですね。

授業が休講になると、町のあちこちにある雑炊食堂に行って並んでいました。大学の周辺はもちろん、九段あたりまで足をのばしてね。

ぼくが大学に通っていた当時は、ちょうど食料がなくなってきていたころで、みんな昼飯にありつくのが大変だったんです。

　ぼくも雑炊食堂の行列に並んでふうふういって一杯食べて、また列の後ろに並んで次の雑炊にありつけるのを待っていました。実につまらない時間のつぶしかたをしていたんです。

　ぼくは目黒から電車で通学していましたが、地方から出てきた学生たちは外食券というものを持っていました。実家住まいでない彼らはお米の配給が受けられないから、その代わり国に申請してそれを受け取っていました。

　彼らはたまに友情の印としてぼくに外食券をくれました。ぼくはいつもお腹を空かせていましたから、それがうれしくてね。店の前の陳列棚にサンプルが並んでいて、それを店の奥まで持っていって、ふだんは食べられない煮魚を食べました。

　あとは古本屋をのぞいていましたね。いまと変わらず靖国通り沿いにはずらっと古本屋が並んでいましたから、授業がないときは古本をぶらぶら見ていました。

　そのころに出ていた新刊は綴じ方もひどかったですし、内容も戦争を謳歌する下らないものばかりだったから、昔の本を見ていると気持ちが晴れたんです。

そのうちに学徒勤労動員に駆り出されるようになりました。ぼくは大学にも行かず、鶴見でドラム缶をつくるようになりました。

戦争の話

昭和二〇年の三月のことです。ある日家へ帰るとおふくろが「こんなもんが来てるよ」というんです。なんだかよそよそしいことをいうなあ、と思ってその葉書を手に取ったら召集令状です。いよいよこれでおしまいだと思いました。

ちょうどその直前に東京大空襲があったんですが、ぼくは目黒に住んでいたから直接的な被害には遭わなかったんです。

風呂敷ひとつ背負って、灯火管制の中の真っ暗な品川駅へ行きました。心の中も真っ暗でした。だれも見送りに来てはいけないと召集令状に書かれていたから、ひとりで汽車に乗り込んで福山の部隊まで行きました。

軍隊にいたころのことは、いま思い出してもとても嫌な気持ちがします。野間宏の『真空地帯』の世界そのままですよ。お風呂に入っていても、顔をのぞかせて気をつけていないと下着なんかが盗まれるんです。

部隊は毎日夜九時に消灯なんですが、それから古兵がぼくらのような新兵をいじめにかかるんですね。少年兵だから毎日引っ叩かれます。それがようやく終わると、二段ベッドの上から南京虫が落っこちてきました。痒くて痒くて。ぼくは皮膚が弱いから身体中がピエロのようになりました。

戦後すぐはみな戦争の話をしませんでしたが、それはあのころのことを思い出すのがたまらなく嫌だったからなんです。


八月一五日のことは鮮明に覚えています。突然「正午に庭に集まれ」と号令がかかって、庭に集まると「重大放送があるから聞くように」といわれました。そんなことはこれまでありませんでしたから、「あ、ひょっとしたら戦争が終わるんじゃないか」と思いました。

玉音放送を聞いて、古い将校はみな泣いていました。でもこっちは「命が助かったんだ」と、うれしさがこみ上げてきました。

それからひと月以上福山で暮らしていました。空襲で本隊が焼けてしまっていたから、河原で野宿の生活です。

焼け残った備蓄の大きなブリキ缶を持ち出して、それを開けると大きな肉が出てきて、みなでガツガツ食べました。東京に帰ったら、ひっくり返るほどビールを飲んでやろうと思っていました。

戦争と本

召集令状が来てすぐのころのことです。ぼくが暗い気持ちで青山の通りを歩いていたら、これから疎開しようとする人たちがきれいな茶簞笥だとか文学全集ひと揃いだとかを道端で投げ売りしていたんです。そこでつい泉鏡花の単行本を一冊買いました。

軍隊には私物を一切もっていけなかったんですが、どうしてもほしかった。家に帰ったら「これから兵隊に行くのに本なんか買ってきてどうするつもりだ」とおふくろからいわれました。

軍隊では本を読むなんてとんでもないという空気でした。入隊したばかりのころは、今日はこんな訓練があったとか手帳に書き留めていたんですが、「そんなことをしてはいかん。敵に見られたらどうする」と上長に叱られてからはなにかを書くこともやめてしまいました。

覚えているのはぼくの隊の兵長のこと。消灯時間になって突然、「俺の身上書を書け」といわれたんです。「はい。書きます」と返事をすると、兵長は青二才のぼくに「大阪府、農業、妻子ともに六人」なんてかしこまって話し出しました。

年長者には本を読むどころか、字が書けない人もたくさんいました。彼らは日曜日になると遊郭に行って、少年兵のぼくらはというと、寝転がって配給されたお饅頭なんかを食べていました。

脱走兵が出たこともありました。古い兵隊が毎日山狩りに行って、朝になるとぐったりした顔で「今日も捕まらなかった」とぼやいていました。ぼくは「あいつ、逃げ通せるといいな」と心の中で応援していました。

戦争が終わってどれぐらい経ってからでしょう。おふくろが下町を見たいというので、二人で吉原の焼け跡を見に出かけました。こんにゃくと大根のおでんが一皿一円で売っていて、それを食べました。すでに進駐軍は入ってきていて、黒人たちが焼け残っている遊郭にたかっていました。

当時、向島なんかを歩いていると、遊女たちが上がりなさいよとばかりに、ぼくが持っている本や被っている帽子を取るんですね。

そんな時代でも古本市はちょこちょこありました。ぼくは気になって寄ってはみるものの、自分でもどういう本がほしいのかわからなくなっていました。これからどうなるんだろうと、そういう思いばかりが胸にありました。

それからさらに一、二年経って、西田幾多郎の『善の研究』を求めて、岩波書店の前に長蛇の列ができていたのをよく覚えています。本当にびっくりするくらいの人でした。

山本有三さん

そのころは満足な靴なんかありませんでしたから、下駄を履いて有楽町を歩いていたんです。そうしたら橋の上で学友にバッタリ出会って、「山本有三が新潮社で子どもの雑誌をやるそうだ。おれは子どもが嫌いだから行かないが、君、どうかね」なんて話しかけられたわけです。

「もし行きたかったら、山本有三の弟子の吉田甲子太郎《きねたろう》のところに手紙を出すといい」といわれて、手紙を出しました。吉田さんは児童文学を専攻とする英文学者で、明治大学にいたころに授業を受けたことがあったんです。

すぐに吉田さんからお返事がありました。それで指定の日時に大森のご自宅を訪ねたんですが、床の間のある座敷に入るとねずみの首がゴロゴロ転がっているんですよ。ギョッとしましたね。吉田さんは猫を可愛がってらっしゃったんですが、もちろんそのときはそんなことを知りませんでした。

吉田さんは「ともかく君は真面目そうだから」といって、ぼくを山本有三さんに推薦してくださいました。

ぼくはその前に山本有三さんに一度だけお会いしているんです。勤労動員で鶴見の工場にいたときに講演にいらしたんですね。

山本有三さんは「いまの大人の世界には愛想がつきた。これからは子どもの仕事だ」と話されて、その流れでどういうわけかぼくが名指しされて立たされました。

そのときのことをもしかしたら覚えてくださっていたのかもしれません。「真面目に勤労動員に来ていた」という理由で、ぼくは山本有三さんの下で働くことになりました。二一歳のときです。

山本有三さんは怖くて、怒ってばかりいました。戦前は『真実一路』や『路傍の石』などの作品を書かれていましたが、戦時中に当局から「不要不急の作品だから筆を折れ」といわれて、ぼくが働きはじめたころはもう小説を書いていませんでした。

それよりも戦後のＧＨＱがらみの新仮名遣いや漢字制限などの国語国字問題のほうに注力されていました。


山本有三さんの下では個人秘書のような形でいろんなことをやりましたが、手取り足取り教えてくれることはほとんどありませんでした。

山本有三さんが編集顧問として新潮社で創刊した児童雑誌は「銀河」というんですが、ぼくは見よう見まねでその編集の手伝いをしていました。

山本有三さんは昭和二二年に参議院議員に当選して、「銀河」を離れました。ぼくは「銀河」の編集者として、昭和二二年に新潮社に入社しました。

銀河の挿絵

子どものころ、母が「コドモノクニ」だけはとってくれていました。一冊五〇銭ですごく薄いんだけれども、とても贅沢な雑誌でした。そこで武井武雄、初山滋、向井潤吉の名前を知りました。

児童雑誌を担当するにあたってまず思ったのは、彼らに挿画を依頼したいということでした。

武井さんは長野の岡谷《おかや》の人なんですが、挿絵の依頼のお手紙を出すと、何月何日に目蒲線の沿線にある武井靴店に来てほしいと返事がありました。たしか親戚の方がやってらっしゃったお店だったと思います。

初めてお会いする武井さんはおそろしく無口な人で、こっちが口をきかないと一時間でも黙っているような人でした。

ぼくが気詰まりになって、会話の糸口を探していると、武井さんがちょっと立ち上がって「こんなものをやっているんだ」と小さな美しい本を見せてくださいました。

「先生、それほしいです」といったら、武井さんは「会員になりますか？」といいました。ぼくが「はい」とこたえると「いまなら何人か余裕がありますから入れてあげます」とおっしゃって、それからぼくのところにも「刊本作品」の案内が来るようになりました。

「刊本作品」は武井さんが亡くなる前年までつくられて、全部で一三九冊あります。「刊本作品」が本のタイトルというわけではなくて、本にはそれぞれ『祈禱の書』とか『ナイルの葦』というタイトルがついています。その本の函やら扉やらに「武井武雄刊本作品」何番という通し番号が書かれているんですね。それが一三九あるということです。

新しい「刊本作品」が完成すると、武井さんからいついつまでに入金のことと通知が来ました。それに一日でも遅れると失格になって会員から外されてしまいます。当時ぼくはお金がなくて貧乏でしたが、なんとしてでもその日までに振り込みをしました。

「刊本作品」は紙も造本もどれも一つ一つ違う、凝りに凝った本でした。

初山滋さんも武井さんと同じように「銀河」の挿絵をお願いしたことからお付き合いがはじまりました。

豊島区から板橋区へ一歩入った住宅街の二階が初山さんの仕事場で、ぼくはずいぶんとかわいがってもらいました。

初山さんは飾りっ気のない人で、編集をはじめたばかりのぼくに和紙の裏表を聞いたりするんですよね。いかにも江戸っ子で、洒落っ気もあって、ぼくはまだ若かったから初山さんを父のように慕っていました。

当時はそれほど感じていませんでしたが、ぼくがのちに版画にのめり込んでいったのは、武井さんと初山さんの影響があると思います。

駆け出しのころ

編集者の駆け出しのころは、新宿の町でよく飲みました。会社で机に座っていても、夕方になるとなんだか喉が乾くな、とかなんとかいって仕事を切り上げちゃうんです。当時の新宿は夜も更けると車も走っていませんでした。

ある日、新宿の歌舞伎町の店でつまらない顔をして飲んでいる男がいて、ぼくより年かさの同僚が「坂口先生じゃありませんか？」と話しかけたんです。ぼくもその男を見ましたが、そこにいたのは間違いなく雑誌の口絵なんかで見る坂口安吾その人でした。でも安吾は「知らない」とつれなかったですね。

行きつけだったのは「三姉妹」という店。狭い店で、三人の女の子と太鼓持ちみたいな愉快なバーテンダーがいて、彼らを相手によく飲んでいました。

店には斎藤十一といった会社の重役が来たり、あと田村泰次郎が来たことがありました。『肉体の門』が出たばかりのころです。

ぼくは当時「銀河」をやっていたから「いずれうちの雑誌にも書いてくださ い」とお願いして、泰次郎も「いずれ書きますよ」なんていってくれたんです が、それきりでしたね。

林芙美子の原稿をとろうとがんばったこともありました。林さんは当時そう とうな売れっ子でしたから、下落合のご自宅はいつも編集者でいっぱいでした。「銀河」でも誰かしらが顔を出すようにしていました。

ある日、ぼくがどうしても用があって行けないときに、若い女性の新入社員 に行ってもらったんです。彼女がすぐに会社に戻ってきたので、「いなかった のかい?」と聞くと、「いませんでした。変なお手伝いみたいなおばさんが出 てきて、先生は今日お留守なのよといいました」とこたえました。その日はい るはずなんだけどな、と思って根掘り葉掘り聞いていくと、どう考えてもその お手伝いさんが林芙美子さんなんですよね。一杯食わされたというわけです。

結局、林芙美子さんから原稿をいただくこともできませんでした。

「銀河」はあまり売れませんでした。裏の倉庫に行くと山のように返本がありました。

当時出ていた他社の児童雑誌は、講談社の「少年クラブ」「少女クラブ」、あと覚えているのは坪田譲治さんの「童話教室」。子ども向けの良心的な雑誌はだいたい二、三年の命でなくなっちゃいましたね。「銀河」は児童向けの総合雑誌で、科学があり、地理がありというような真面目な内容で、ぼくはというと「コドモノクニ」のような美しい本に惹かれていました。

いま考えると理想が高かったんです。時代は漫画ブームがやってくるちょうど前あたりのころでしたから、子どもたちの趣味嗜好も変化していっていました。

結局「銀河」も三年で廃刊になりました。

新潮社の話

戦後の出版社の財産といえば紙型《しけい》です。

当時の印刷はまず職人たちが活字をひろって版を組みます。それを熱して特殊な紙の上に押しつけて紙型をつくるんです。そこに鉛を流し込んでできあがるのが印刷用の元版です。その元版をつかって本を刷ります。

若いころはその元版がつぶれていないかを片っぱしからチェックする仕事もしました。机に新潮文庫を積んで、文字がかすれていないか、つぶれていないかをひたすら見ていくんです。そこで売り本としてはダメな文字が見つかっても、紙型があればすぐに元版を作り直すことができるというわけです。

新潮社はその紙型をたくさんもっていました。戦争で多くの出版社が焼け出された中で、新潮社は火こそ被ったものの焼け残って、紙型もそのまま残っていました。

つまり、戦前の紙型で刷ったものを売り出すことで、新潮社の戦後がはじまったわけです。


会社はいまと同じく神楽坂にありました。当時の社屋は三階建てで空き部屋が多くて、ぼくが入社したころは社員も二、三〇人くらいだったように記憶しています。営業部も一間で足りていました。本は全般的に売れていましたが、社内はそんなに活気はありませんでした。

それが変わったのは、話が少し飛びますが、昭和三一年の「週刊新潮」の創刊がきっかけです。

それまで週刊誌といえば新聞社が発行するもので、情報網、販売網、印刷設備、広告営業、どれをとっても新聞社にはかなわなかったんですね。

だから、どの出版社も週刊誌には手を出しませんでした。「週刊新潮」も売れなかったら半年くらいで辞めるつもりだったみたいです。

それまでは午後六時ごろには会社には鍵がかかっていました。でも創刊号のテスト校が出るあたりから、社屋は二四時間電灯がともるようになりました。当時はいわゆるトップ屋なんかも雇わずに、社内の人間で全部こなしていたんです。

ぼくは「銀河」が終わってからは『現代世界文学全集』を手伝ったり、新潮文庫をやったりしていたんですが、同じフロアのテーブルの向こうからは「コロシ」だの「タタキ」だのと殺伐とした声が聞えてくるようになりました。

「週刊新潮」は予想よりも売れました。それに合わせて社員も一〇〇人になり、二〇〇人になりとどんどん増えていきました。

廊下で会っても知らない人間ばかりで、彼らとの間に交流はほとんどありませんでした。

ぼくはまだ三〇代前半でしたが、週刊誌や流行作家の担当とかではなくて、昔ながらの美しい本をつくりたいとずっと思っていました。

新潮文庫

当時の新潮文庫のライバルは、岩波文庫や角川文庫。どこにでもある名作なんかは文庫として雁首を揃えていないといけませんから、まずそれらがラインナップになります。それに新潮文庫としてなにを付け加えるか。若いなりに一所懸命考えていました。

ぼくが二五歳のときに企画したのが『俳諧歳時記』（昭和二五年）です。それまで歳時記はどの文庫でも出ていませんでしたから、大発明だと思いました。『俳諧歳時記』は春夏秋冬と新潮文庫で四冊刊行して、かなりの数が売れました。すぐに角川文庫に真似をされましたが。

それから俳人の自選句集を企画しました。昭和三〇年ごろのことです。そのころの俳句の親分といえば高浜虚子。あとは水原秋櫻子《しゅうおうし》、山口誓子、飯田蛇笏《だこつ》、中村草田男《くさたお》、石田波郷《はきょう》、加藤楸邨《しゅうそん》。彼らの自選句集を新潮文庫で一冊ずつ出すのがいいなと思ったんです。

各巻の解説を山本健吉さんにお願いするという企画で出版会議に出しましたら、『俳諧歳時記』が売れたからだと思うんですが、すぐに「やってみろ」とOKが出ました。


当時、高浜虚子の娘は丸ビルの二階で匂い袋とか贅沢な小物を売っていたんですね。そこを訪ねていって「虚子先生に会いたいんですが」というと、「あんたが会いたいの?」なんて虚子の娘にいわれて。それから、幾日かの間なら大丈夫だということで、鎌倉の先生のご自宅に伺いました。

先生はお会いするなり「いい天気だから庭へ廻りませんか」とおっしゃいました。

ぼくがいわれるままに縁側に行くと、先生は廊下から縁側に出てきて、沓脱《くつぬぎ》石《いし》の庭下駄の上に足を乗せて、「◯◯さんは元気か?」と新潮社のOBのことを尋ねられました。

「あの人は戦前の人ですから、よく知らないんです」ぼくはこたえました。

先生は戦前の新潮社の社員のことをよくご存知で、彼らのことをたくさん話されました。

後日、先生は清書された自選句を用意してくださっていました。ぼくが校正のためにその場で読み上げると、「あなたは俳句をやっていますね。どこに属していいます？」とおっしゃいました

たしかにそのころ、ぼくはある俳句結社の同人だったんです。先生は読み方でわかったんですね。

ぼくがお会いしたのは先生が亡くなる三、四年前でしたが、どんな職業でどんなことをやっても偉くなるだろうというような大人物でした。

あと新潮文庫といえば村岡花子さんの『赤毛のアン』（昭和二九年）です。あれもぼくが文庫にと企画したものです。

それまで『赤毛のアン』は三笠書房というところから出ていたんですが、あのシリーズを新潮文庫に入れたいなと思って、村岡さんに連絡をしました。す

ぐに快諾してくださいましてね。

それからはときどき、村岡さんからぼくのところに電話がかかってくるようになりました。

「おたくにちょうどいいと思うものがあるのよ」なんて文庫向けの作品をいくつも推薦してくださいました。

のちにぼくが結婚し、娘たちが生まれたときは、村岡さんはお食い初めの銀の匙を娘たちに贈ってくださいました。

水上勉さんのことなど

そのころよく通った新宿の小さな飲み屋があります。新宿の西口にありました。いつ行っても「会津磐梯山」と「ケ・セラ・セラ」のレコードがかかっているので、「よし、ケセラ磐梯山に行こうか」なんて編集者仲間と話したものです。

その店のカウンターに突っ伏していたのが若い水上勉でした。昭和三〇年ごろのことだと思います。戦後まもなくして小さな出版社から『フライパンの歌』という最初の本を出しましたが、ゾッキ屋に山のように積まれていました。ぼくが会ったときは新しい本も出せず、失意のどん底といった感じでした。

店のマダムがぼくのことを新潮社の社員だと紹介したら、「よろしく」と幾度も頭を下げました。そのころの氏は少年読物の再話など来る仕事はなんでも受けていて、文具の販売外交など仕事を転々としていました。

それから氏が売れっ子になるのにはそんなに時間がかからなかったと思います。昭和三七、八年ごろでしょうか。ぼくが『日本文学全集』の宇野浩二の巻の月報の原稿をもらいにいったら、仕立てのいい結城紬の着物を着て出てきました。

当時の氏は赤坂のホテルニュージャパンを仕事場にしていました。そこのロビーでお会いしたんですが、ぼくが原稿の話をすると「そんな話は聞いてない」というんですね。

ぼくはちゃんと同僚の担当者に依頼していたんです。だから彼が伝えるのを忘れたのか。それとも、もしかしたら氏が売れていなかったころに、その担当者が「ベンちゃん」「ベン公」と氏を軽くあしらっていたことを怨みに思っているのか。そんなことを咄嗟に思いました。

あらためて丁寧に原稿を依頼しましたら、氏は宇野浩二のお弟子さんでしたから、快く引き受けてくれました。

ぼくは昭和三〇年代の最初の数年は東京を離れて市川の行徳に住んでいました。そこから会社のある神楽坂まで電車で通っていました。国鉄で秋葉原まで出て、秋葉原からは都電の一三番に乗り換えて「牛込北町」で降りるんですね。当時の車内の広告に「阿部定がいる酒場」なんていうのがあったのを覚えています。毎日、混んでいました。

そのころ、市川で一度、永井荷風先生をお見かけしました。先生は当時は市川におひとりでお住まいでした。

先生は行徳を流れる真間川のほとりに買い物かごを提げて立ってらっしゃいました。日が暮れるころで、川を見ながら感慨深げな様子でした。敬愛していた作家だったので、声なんかかけられませんでした。

吉屋信子さん

編集者という仕事に染まってしまうと、文学作品を読んでいても以前のようには楽しめなくなりました。どうしても職業意識が出てくるんですね。昭和三八年の「文藝春秋」に載った吉屋信子さんの「底のぬけた柄杓」を読んだときも、「あ、これはいいな」と思って、すぐに出版企画を考えていました。「底のぬけた柄杓」は尾崎放哉の句からとった題名で、小説の内容も放哉の伝記でした。

吉屋さんはぼくが少年のころにはもう活躍されていて、大衆作家というイメージが強かったんです。けれど戦後、社会や歴史を題材にするようになって、作風も変わっていきました。ぼくが読んだ「底のぬけた柄杓」は俳句にたいするたしかな見識に裏付けされていて、放哉にたいする温かな眼差しがあって、とてもいい短篇でした。

昼休みに出版部長をつかまえて相談したところ、「いいじゃないか。すぐに電話しろよ」といわれて、すぐに吉屋さんのご自宅に電話をし、お会いすることになりました。

吉屋さんのご自宅は鎌倉にあって、すごく広いんです。数寄屋造りの平屋で、高浜虚子や川端康成の家も近くにありました。吉屋さんは戦前、高浜虚子から俳句を教わったんですよね。

木戸を入って長い石畳に沿って玄関に向かっていると、どこからか犬が激しく吠えました。呼び鈴を押すと、吉屋さんのパートナーの門馬《もんま》千代さんが現れて、応接間ではニコニコと吉屋さんが迎えてくださいました。

吉屋さんはなにか用があると、小鳥のような声で「千代さん、千代さん」と門馬さんを呼んで、門馬さんはというと太い声をされていました。当時はそうした関係は珍しかったんですが、二人の関係はさっぱりとしていて、見ていて感じがよかったですね。

ぼくが、「底のぬけた柄杓」のような俳人の評伝をいくつも書いていただき、それを一冊にまとめたいと企画を説明すると、吉屋さんは乗り気になってくれて、すぐに二〇人近い俳人の候補が挙がりました。その場で「小説新潮」で連載してくれることも決まって、帰りがけに吉屋さんは「俳句の話ってとっても面白くて、時間の経つのも忘れるわね」とおっしゃいました。

翌三九年に出た単行本には、杉田久女、富田木歩《もっぽ》、村上鬼城などを材にとった短篇が掲載されています。評判もとてもよかったように思います。さらにその翌年には『ある女人像　近代女流歌人伝』という本まで書いていただきました。

本が出たあと、吉屋さんはぼくに「これ貰ってちょうだい」と竹久夢二の複製版画をプレゼントしてくださいました。絵はいまも家に飾っています。

二冊の本が出たあと、しばらくご無沙汰しているうちに吉屋さんは健康を害され、昭和四八年にお亡くなりになりました。

ぼくは葬儀の下働きを買って出て、たくさんの弔問客の応対をしました。棺の中の吉屋さんはやすらかな若々しい顔をされていました。

内田百閒さん

昭和三〇年代半ばには新潮社の出版部には八〇人くらいいましたが、百閒さんのような気難しい先生はだれも担当したがらなかったんです。人が大嫌いでね。

世の中に人の来るこそうるさけれ
とは云ふもののお前ではなし
世の中に人の来るこそうれしけれ
とは云ふもののお前ではなし

って玄関のところに貼ってあるんですよ。「日没閉門」なんて書いてある表札みたいなものも掲げてあって。

でも、ぼくはひねた人が好きですし、百閒さんは中学校のときから読んでき
た作家でもありますから、担当させてほしいといったんです。

百閒さんの本で最初に編集したのは『東海道刈谷駅』（昭和三五年）ですね。
初めてお会いしたときから、クソおもしろくないというような顔でブスッとさ
れていました。一年に一度会うか会わないか程度でしたが、いつ行ってもそれ
は変わりませんでした。ベストセラー作家というわけではなかったですから、
仕事で会う用もそんなになかったんです。

当時百閒さんは「小説新潮」に毎月二〇枚くらい寄稿していて、それが貯ま
るとぼくの仕事が始まりました。ぼくは百閒さんの書くものが好きだから、出
版会議のときに初版五、六万部で出してほしいといったりしましたが、実際は
初版二〇〇〇部でした。

ご自宅で奥様と二人で暮らされていました。でも二間ぐらいしかない家でし
たから、中には上げてくれないんですよ。土間がちょっとあってね。そこに机
と椅子があって、座って待つんです。家が狭いから、玄関から奥様が土間に入

ってきて、それでポンなんていってラムネを抜いてくれる。必ずラムネでしたね。それから百閒さんが着流し姿で現れる。原稿がゲラになると、手直しされることはほとんどありませんでした。

一回だけお食事をご馳走になったことがあります。百閒さんは乗り物がお好きでしたから、場所は東京駅のステーションホテルでした。百閒さんはぼくたちとしゃべることなく、ホームに現れる人たちを窓ガラス越しに見ていました。ふだんからどこに行くかわからない電車に乗って、窓際に座ってじっと景色を見て、終点まで行ったら次の電車に乗って帰ってくるような方でしたから、そのままですよ。お金がないのに、借金してまで一等席の展望車に乗るんですよね。「先生、もう印税ないですよ」というと、「じゃあまた、専務さんに借りにいくかな」なんていわれる。

最後に担当した本は『日没閉門』（昭和四六年）です。そのときには百閒さんは八〇歳を越えていましたから、ほとんど寝たきりでした。奥様が看てらっしゃいました。

夕食時になると、ご自身で夕飯のメニューをお書きになって、それを奥様に渡して買ってきてもらっていました。

『日没閉門』の制作にかんしては一任されていましたが、見返しに家紋を入れてくれとだけいわれました。

本ができあがったのは百閒さんの葬儀の日でした。「少年クン」とぼくたちは呼んでいましたが、当時バイクや自転車で新潮社のお使いをしていた学生たちがいて、彼が本を走ってもってきてくれたんです。

刷り上がったばかりの『日没閉門』をお棺に納めて、すぐに出棺となりました。ぼくも棺をかつぎました。

百閒さんが亡くなるまでずっと担当でした。新潮社が全集を出さないかなあ、と思っていたんですが、すぐに講談社から刊行されました。

それから一五年ぐらい経って、新たな全集が福武書店から出るとき、三三冊すべての装丁を担当させてもらいました。

18

本づくりについて

すこしは会社に貢献しなきゃという思いもあったんですが、ぼくの担当する本はだいたいが初版二〇〇〇部か三〇〇〇部でしたね。その代わりというわけではないですが、中身の濃い本をつくってやろうと思っていました。いい本をつくりたいというのがぼくの変わらない願いなんです。

どこの出版社でもそうなんですが、出版部には和紙などの見本帳がいっぱいあります。それを毎日のように眺めて、この紙を本の見返しに使おう、これを本扉に使おう、なんて考えていました。

編集者になってからは、町で古本市があると必ず行っていましたね。当時の古本市は広い座敷に本が並んでいて、お客さんたちはあぐらをかいて本を漁っていました。ぼくもそのひとりで、安い本でも高い本でもなんでも買っていました。

本そのものがつまらなくても、仕事のアイディアになりそうなら買ってくる。たとえば醤油会社のパンフレットみたいなものを買ってきて、そのデザインとか製本とか編集とかを自分の仕事に活かします。大きな古本市になると、五時間ぐらい滞在していましたね。

恩地孝四郎という有名な装丁家がいますが、前にもお話ししたように恩地さんの息子はぼくの中学校の先輩でした。恩地さんの版画や装丁は実に見事なので、「銀河」をやっていたころに一度だけ挿絵をお願いしました。恩地さんは「そうかあ。君は息子の後輩か」といって、仕事を引き受けてくださいました。穏やかないい人でした。お人柄も洗練されていて。

昔の本はきれいでした。戦後すぐのころの本は紙も粗悪なものばかりだったので、なおさらそういうふうに思えたのかもしれません。

ですから、単行本を担当させてもらうようになると力が入りました。紙選びにこだわらないわけにはいかない。でもそうすると、製作部や営業部からお前のつくる本は贅沢だと横やりが来るんですよね。そうして和紙の質をひとつ落としたりするんです。

「古本屋を喜ばすような本をつくるな」といわれたこともありますね。たしかにぼくが担当した本は感じのいいものにはなっていたかもしれないけども、発売から半年ぐらい経って倉庫に行ってみると、たくさん返本されていました。倉庫番がその積み上がった返本の上で煙草を吸ったりなんかしていてね。「またぼくのつくった本が積んである」と嫌になっちゃいましたよ。

私小説作家たちのこと

どこの出版社もそうだと思うんですが、会社は売れる作家ばかりに目がいくものです。新しく入ってきた社員たちも人気の作家を奪い合って、当時でいえば五味康祐《やすすけ》や柴田錬三郎なんかの担当になりたがるんですね。若い彼らは口には出しませんが、初版二〇〇〇部ぐらいの作家のことを馬鹿にしていました。よし、それならぼくがそういう作家のところに行ってやろうと、いわゆる私小説作家たちのもとを訪ね歩くようになりました。尾崎一雄や上林暁といった人たちです。

尾崎先生は戦争末期に胃潰瘍で吐血して、それ以来神奈川県の下曽我に住まわれていました。太宰治の『斜陽』のモデルになった雄山荘のすぐ近くです。先生はぼくが訪ねていくと、すごく喜んでくださいました。ぼくもそれがうれしくて、一所懸命先生の本をつくりました。そうしてできあがったのが『冬眠居閑談』（昭和四四年）、『四角な机 丸い机』（四九年）、『蜜蜂が降る』（五一年）といった本です。

私小説作家たちの書く文章はだいたい短いですから、すでに発表された複数の文章をまとめて、そこに書き下ろしを加えたり、「小説新潮」に積極的に原稿を寄せていただいたりして単行本化していました。

先生は『冬眠居閑談』のあとがきに「切抜を全部新潮社の山高登氏に渡して、原稿の取捨、配列、それに装幀などの一切を同氏にゆだねた。自分が手や口を出すより、その方が安心である。凝り屋の氏のことだから、きっと好ましい本にしてくれるだろう、と楽しみにしている」と書いてくださっています。

昔は文学が売れたとよくいいますが、私小説作家たちにかんしてはそうではありませんでした。いくら中身の濃いものをつくったつもりでも売れないんですね。初版が売り切れたからおこわを炊いた、と先生が笑っておっしゃったくらいです。

先生は本をとても大事にされていました。珍しい本をたくさん持ってらっしゃって、萩原朔太郎の『月に吠える』の初版もお持ちでした。

忘れられないのは「文藝春秋」創刊号のことです。

戦後間もないころ、ぼくが向島を歩いていたら、鳶職の家の土間で古本を売っていたんです。ぼくも古本が好きですから、とりあえず中に入って一冊一冊見ていきます。そうしたら、そのなかに「文藝春秋」の創刊号、二号、三号があって、まとめて一〇円で買うことができました。掘り出し物には違いないんですが、パンフレットみたいな薄い冊子です。

ぼくも言わなきゃいいのに、先生にそのことを話したんです。そうしたら、「そうかあ。俺は三号からなら持っているんだけどなあ。ほしいなあ」といわれて、とうとう創刊号と二号は先生に差し上げてしまいました。

いまでも惜しかったなあと思うことがあるんです。

私小説作家たちのこと（続）

尾崎先生が若いころはもっと売れていませんでした。

先生は大学が早稲田だったから高田馬場に住んでらっしゃって、奥さんはデパートでマネキンをやったりして生活を支えて、家にお客があるときは招き入れる部屋がないから、近くの公園へ行って話をしたとおっしゃっていました。

上林先生もやはり暮らし向きはあまりよくなくて、それに奥さんを早く亡くされているでしょう。小さい二間くらいの借家で、先生は三代目の朝潮が贔屓で、「いいですなあ、朝潮は」なんて話されていたのを昨日のことのように覚えています。

というのも、先生が元気なうちにお会いできたのは一回きりだったんです。

初めてお会いしてしばらくもしないうちに脳溢血で倒れられて、それからはずっと寝たきりでした。

頭ははっきりしているし、妹の睦子さんの手助けこそ必要でしたが、小説も書くことができました。「あ」「い」なんて先生が話されるのを睦子さんがその横で綴るわけです。でも以前のようには口がきけないし、身動きもとれない。年中イライラされていました。

夏なんかに先生の家に向かって歩いていると、ご自宅の窓が開いていたからだと思いますが、二丁ぐらい手前から「うわあ」と先生が痛癪を起こしている声が聞こえてきました。たまらなかったですね。

先生はトマトが大好きで、トマトがないときは酒屋さんでトマトジュースをいっぱい買って、それをぶら下げて先生の家を訪ねました。

ぼくが版画をやるようになってからは、作品を持って伺いました。先生が喜んでくださるから、ずいぶんと作品を差し上げました。

ぼくが二回目に個展を開いたときは先生が推薦文を寄せてくださって、それを古本屋の関口良雄さんが清書してくれました。

山高君は詩人である。どの絵も美しい。詩情がある。

私の病室には山高君の絵が七点飾つてある。

私は山高君の版画を好きだ。居ながらにして、美しい景色を見る思ひがする。また山高君によつて、版画の好《よ》さを教へられた。私は明治の版画家小林清親の画集を欲しいと言つた。山高君は早速買つて来てくれた。大体において、清親の絵よりも、山高君の絵の方が好きだ。

恐縮してしまうような文章です。ぼくはそれを大きな額に入れて、画廊に飾りました。

先生が亡くなられたあとは、先生のご自宅には睦子さんがひとりで住んでらっしゃいました。

先生が寝たきりだった部屋の欄間にはぼくの版画がいくつも掛かっていました。

関口良雄さん

少し話は前後しますが、ぼくがまだ「銀河」の編集をしていたころ、室生犀星先生に子どもの詩を選ぶ仕事をお願いしていたんです。先生の家は馬込にあって、吉田甲子太郎さんのご自宅もその近くでした。伺ったことはありませんが、三島由紀夫の家もあのあたりです。

昭和三〇年代のはじめごろだと思います。室生先生のご自宅から帰る道すがらに古本屋さんを見つけました。

お店は開いていなくて白いカーテンがかかっていましたが、隙間から中を覗くと実にいい本があるわけですよ。でも、ぼくが行くときはいつも閉まっていましてね。あとで聞いた話だと、一のつく日は休みで、ぼくが店を訪ねた日はたまたま奥さんと作家の家を訪ねていたそうです。

その古本屋は山王書房といいました。店主の関口良雄さんは背が高くて、痩せていて、髪がバラッと長くて、まるで文士みたいな風貌でした。

ぼくがやっと店が開いている日に行くことができて、本を見ていると、関口さんが大きな声で「なにかお探しですか？」と話しかけてきました。こちらは別に探求書があるわけじゃなくて、なにかいい本ないかなあと思って見ていただけでしたから、「いえ別に」とそっけなく返事をしたように思います。

それからすこし経って昭和三七年の秋のことです。ぼくが阿佐谷の上林先生の家をご訪問すると、その日がちょうど脳溢血のときでした。先生が病院に運ばれたことをその場で知らされて、ぼくはその足ですぐに阿佐谷の河北病院に行きました。

病院の畳敷きの控室でなにをするでもなく待っていると、そこにあの関口さんがいました。関口さんも先生を心配して駆けつけてきていたんです。

ぼくが「私はまだ上林先生の本を一冊も出していない編集者ですが、先生を尊敬しています」と自分のことを話すと、関口さんは顔を紅潮させて「これから話しませんか？」といいました。関口さんはのちに『上林暁文学書目』という本を自分で刊行するくらいに先生の大ファンだったんです。それから二人で渋谷の喫茶店で四時間ぐらい話しました。

関口さんは話がすごく上手で、いつも表情豊かに話しました。たとえば関口さんがうちに遊びにきたときに、うちの女房と女房の妹がテレビを見ていたんですが、二人はいつのまにかテレビのことを忘れて関口さんの話に聞き入っていました。ぼくが関口さんのところへ行って、気がつくと午前三時だったなんてこともよくありました。そういう人柄で文学を心から愛する人だったからでしょう。文章がとても上手でした。

ぼくは関口さんの初めての本『昔日の客』を編集しましたが、本が出たのは関口さんが亡くなった翌年、昭和五三年のことです。

志賀直哉さん

志賀さんが本を出されたいようだから「行って来てくれ」と会社からいわれて、初めて志賀さん宅を訪ねました。緊張して、家の前を行ったり来たりしました。

志賀さんは初対面のぼくに「これが最後の本だから、君、やってくれ」とおっしゃいましてね。そうして『枇杷の花』（昭和四三年）の制作がはじまったんです。

先生は八〇を過ぎてらっしゃったから、最初は遠慮してなかなか伺わなかったんです。そうすると「来てくれたまえ」と志賀さんから電話がかかってくるんですね。それで訪ねて行くと、用はなにもないんです。

志賀さんは愛書家ではなかったから、カバーと帯を捨てた裸の本が机の上や椅子の傍らに積んであって、でも「白内障でもうダメだ」とおっしゃっていました。執筆もほとんどされていなかったから、毎日退屈されていたんだと思います。

文学のことや作家のことはほとんど話されませんでした。志賀さんは都会人だったから、それよりも駄洒落。「氏より育ち」という言葉を「柚子よりすだち」なんておっしゃったりしていました。

よく伺ったのは、「上野の動物園から脱け出してきた熊が茶店でぜんざいを見て慌てて逃げたんだよ。どうしてだか知っているかい？」という話。

ぼくは何度も聞いているから答えを知っているんです。でも「さあ、知りませんねえ」なんてとぼけて。すると志賀さんがニコニコしながら「熊は金時にかなわない」と答えを教えてくれる。金太郎の坂田金時とぜんざいの金時小豆をかけているんですね。

そうやって志賀さんの奥さまと三人で一時間ほどお茶を飲んで、それから「お暇《いとま》します」といって会社に帰ってきていました。

いつだったか「これからちょっと麻布のほうへ飲みに行きたいんだけど、君、車で来てるのか？」と聞かれました。

志賀さんのご自宅の裏には息子の直吉さんが住んでらっしゃったんですが、ちょうど釣りに行くということで、運転手がいなかったんです。「はい。外の有料駐車場に預けてあります」「じゃあ、家内と私を乗っけてってくれ」「よろしゅうございます」。そんなふうに外へ連れ出したことがありましたが、その一回きりでしたね。

『枇杷の花』は志賀さん自選の短篇集だったので、新たに稿を起こしていただいたのはあとがきと、冒頭の「亡き広津和郎君に捧ぐ」という一行だけです。装画を梅原龍三郎さんに描いてもらいたかったんですが、梅原さんもお年だったから、「これしかできない」と題字を書いてくださいました。

天金の豪華な本です。

後日、ご自宅に伺ったときに奥さんが「志賀は毎晩枕元に置いて見ていますす」と教えてくださいました。

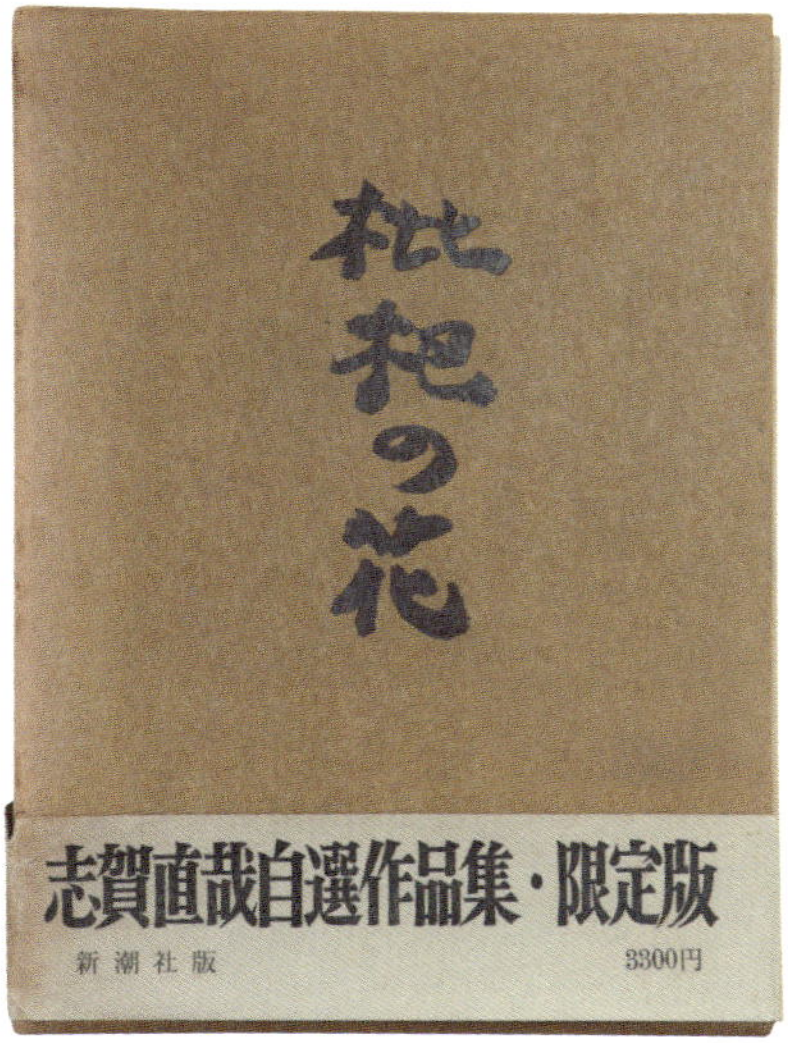

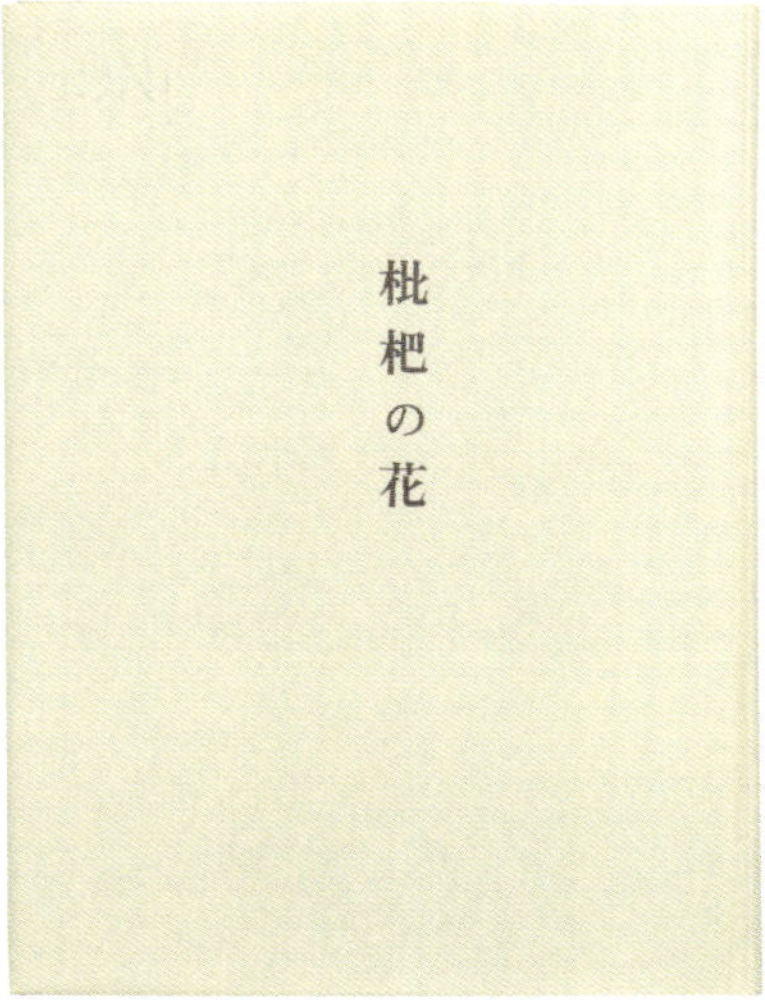

志賀直哉『枇杷の花』
新潮社　昭和四三年一二月二〇日
菊判　函入　天金　三三〇〇円

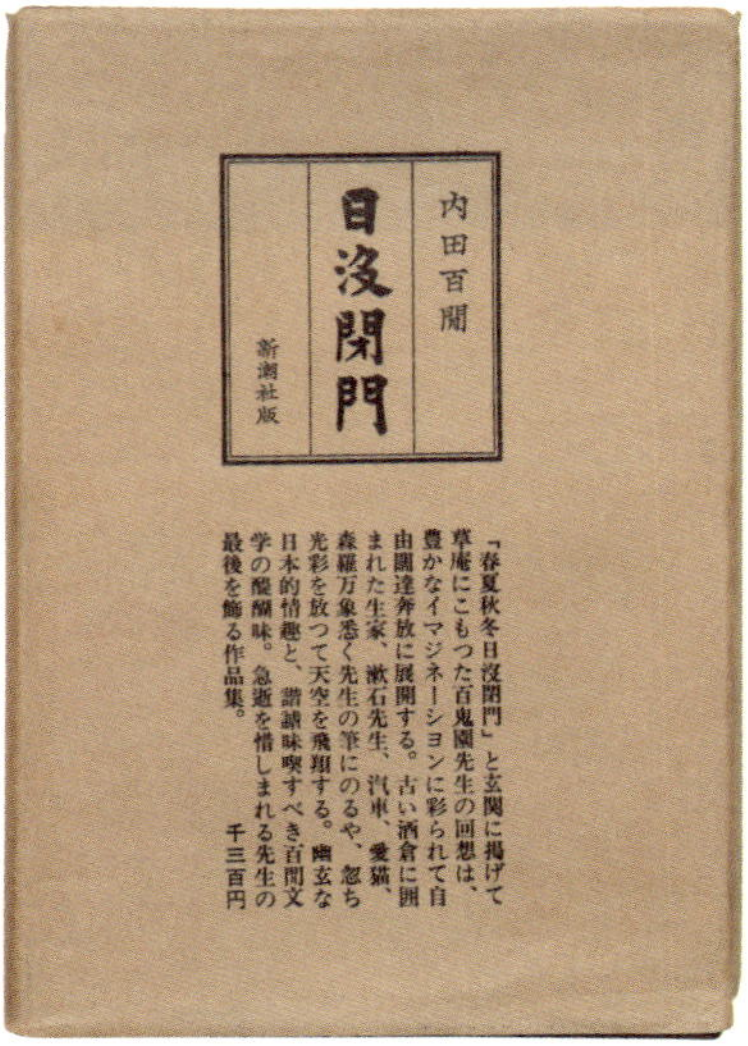

内田百閒『日没閉門』
新潮社　昭和四六年四月一五日
四六判　夫婦函　筒袋　一三〇〇円

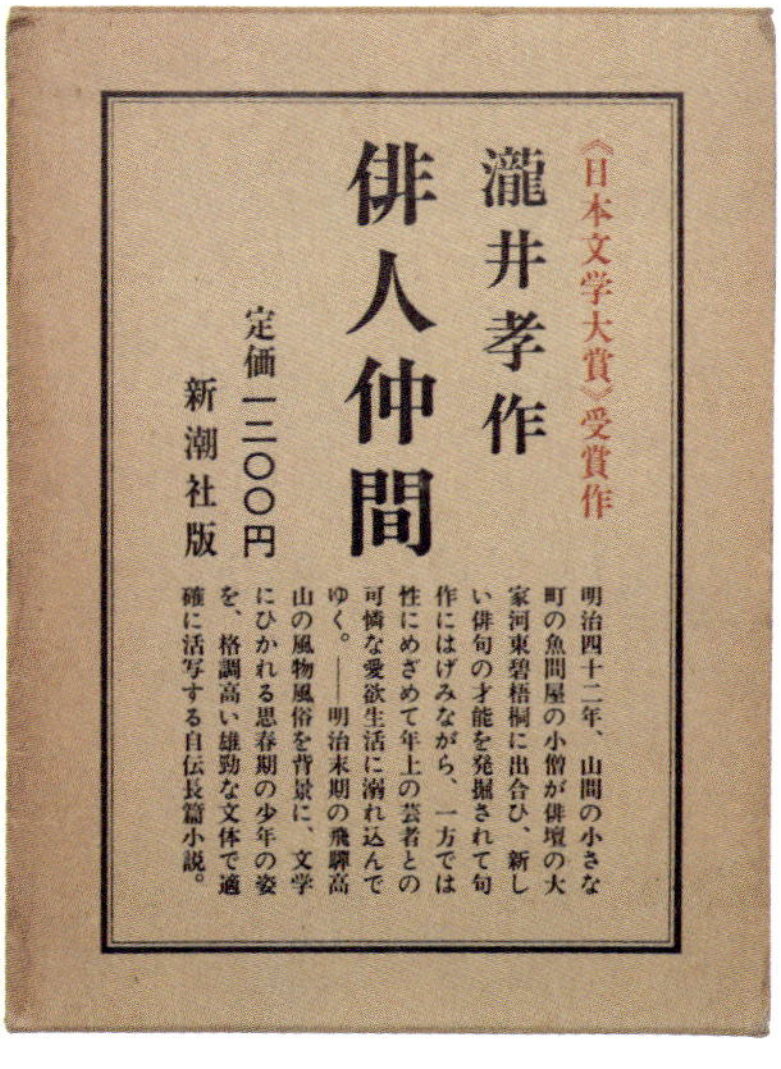

瀧井孝作『俳人仲間』
新潮社　昭和四八年一〇月一五日
菊判　筒函　タトウ　一二〇〇円

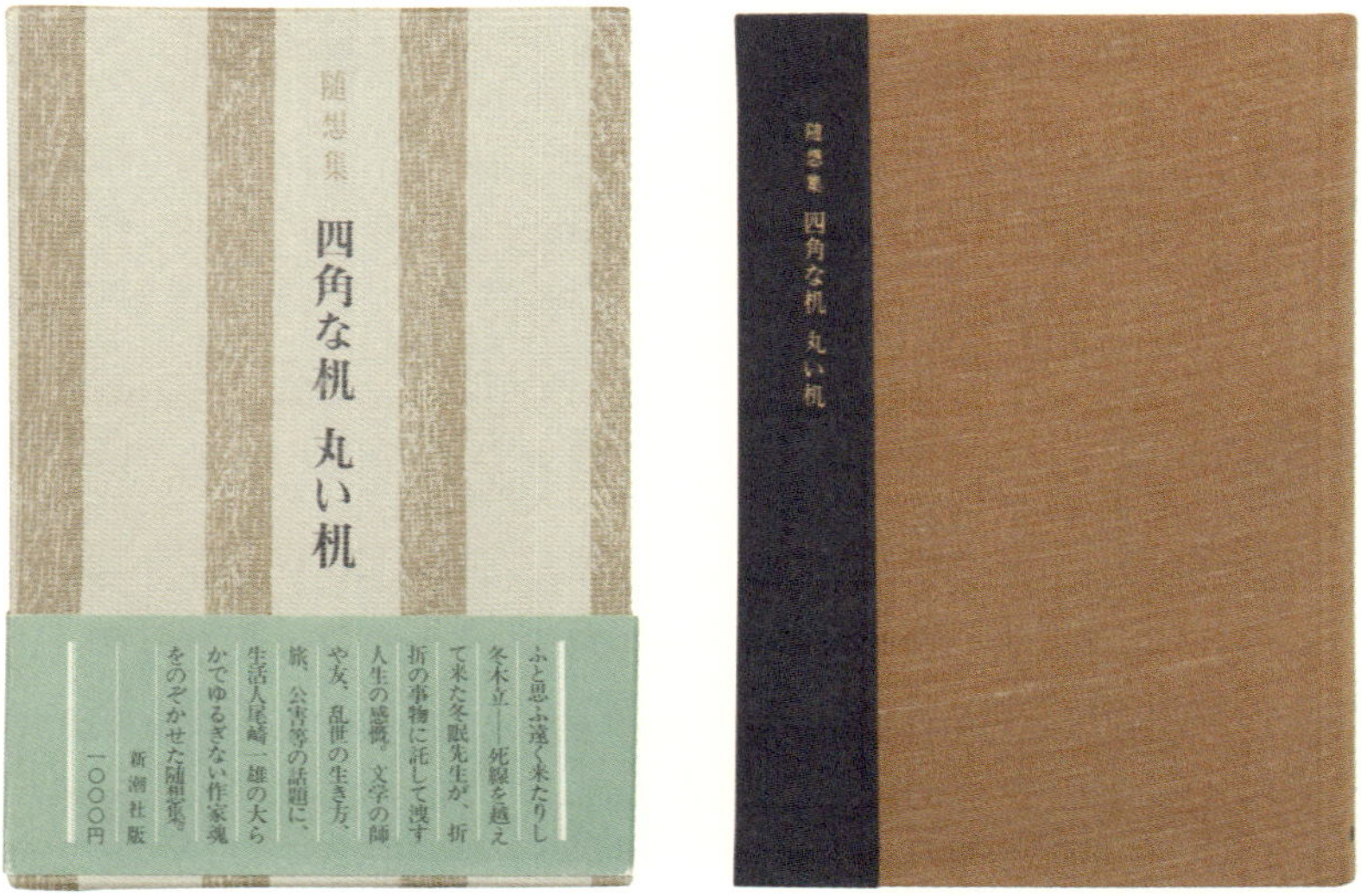

尾崎一雄『四角な机　丸い机』
新潮社　昭和四九年一月一五日
四六判　函入　一〇〇〇円

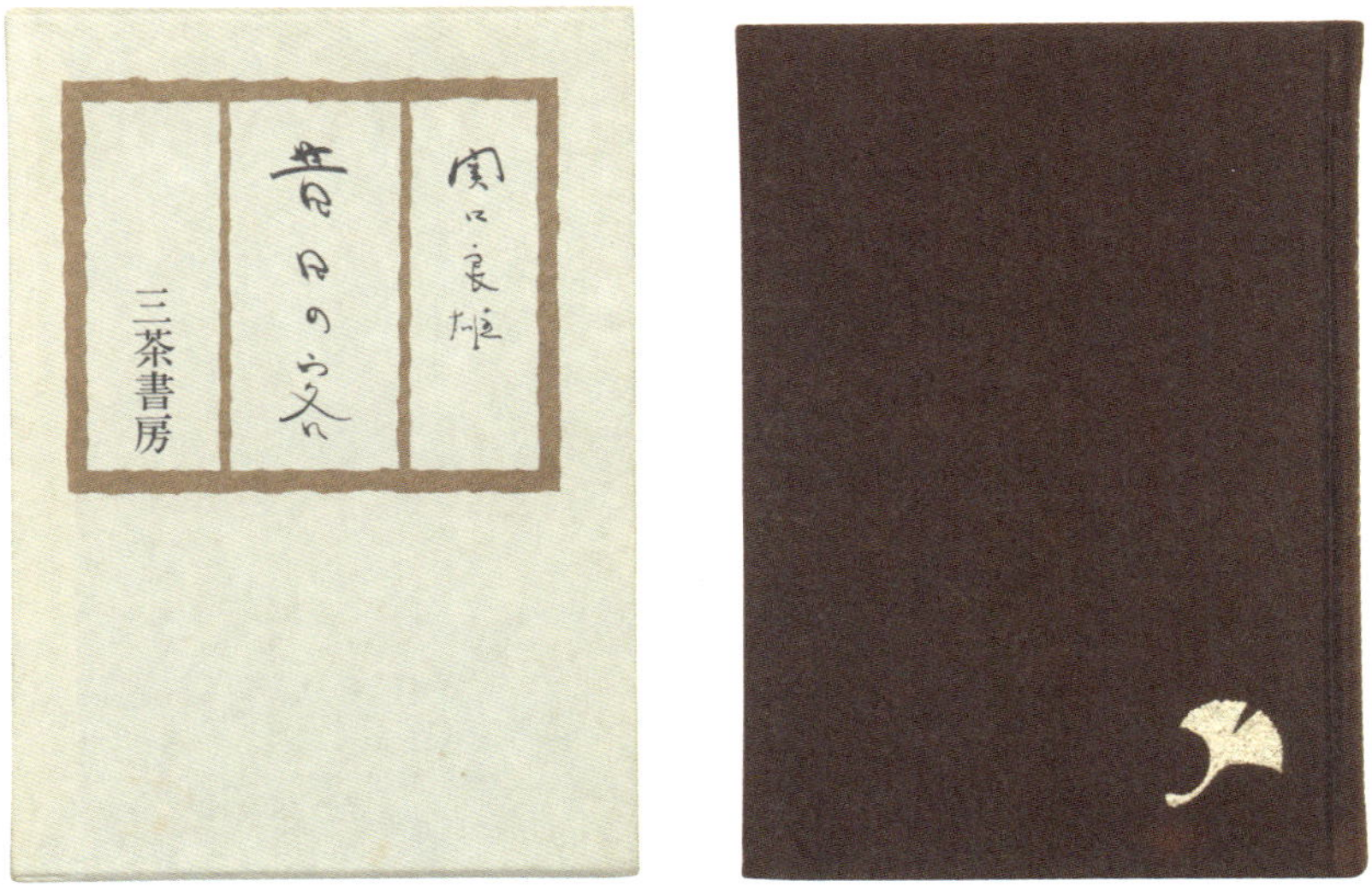

関口良雄『昔日の客』
三茶書房　昭和五三年一〇月三〇日
四六判　函入
口絵に木版画一葉　一二〇〇円

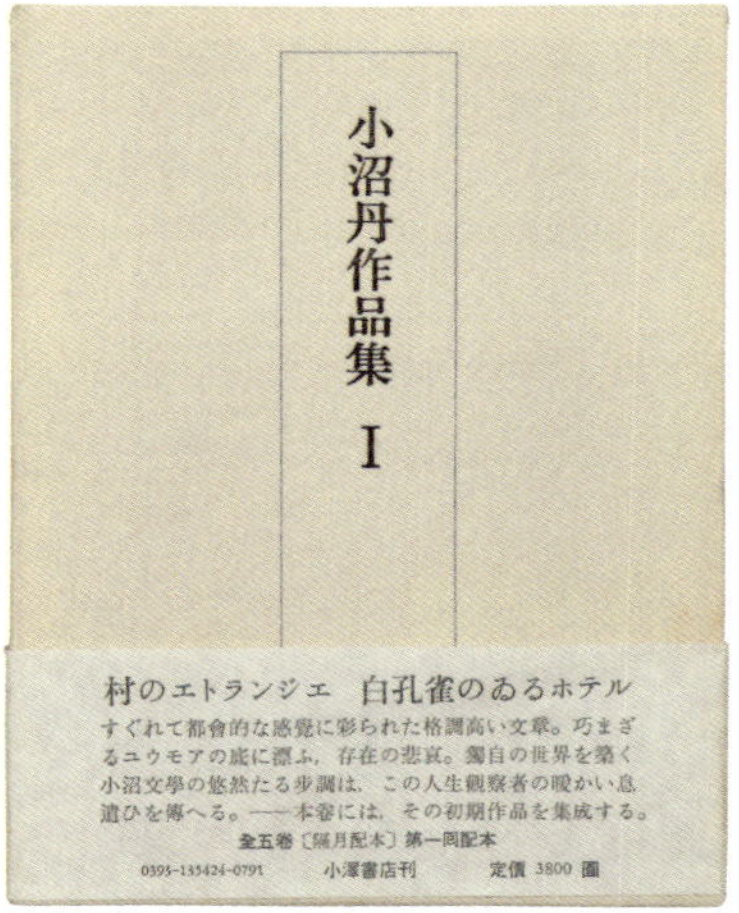

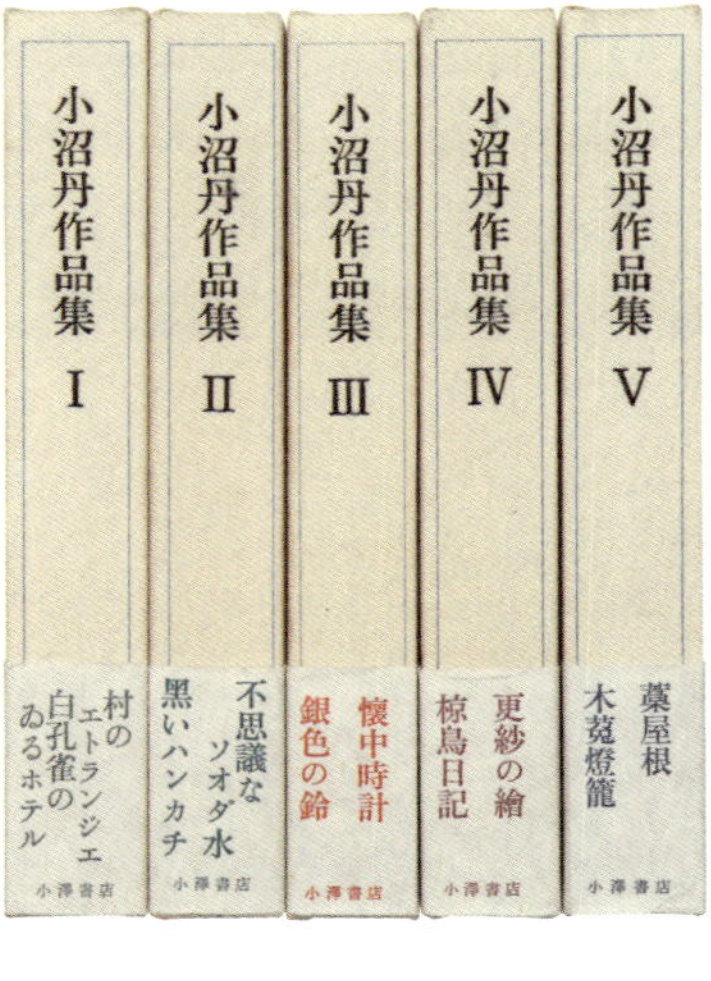

小沼丹
『小沼丹作品集I－V』
小沢書店
昭和五四年一二月一〇－
五五年九月二〇日
菊判変形　函入
各三八〇〇円
（資料協力　盛林堂書房）

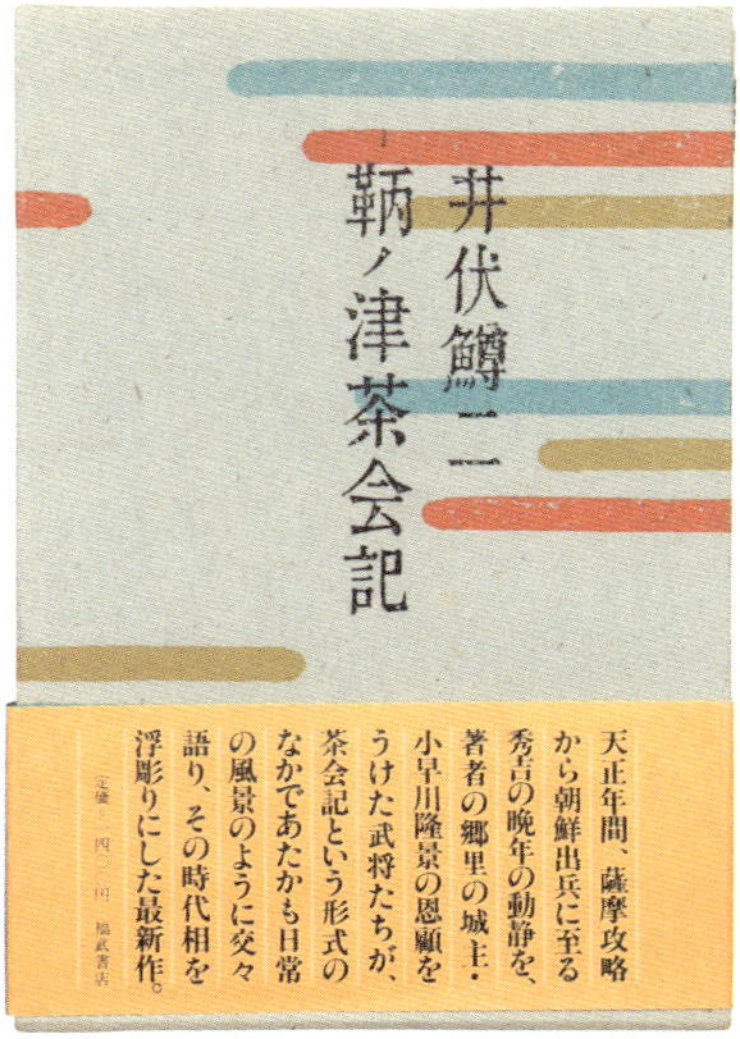

井伏鱒二『鞆ノ津茶会記』
福武書店　昭和六一年三月一五日
四六判　函入　一四〇〇円

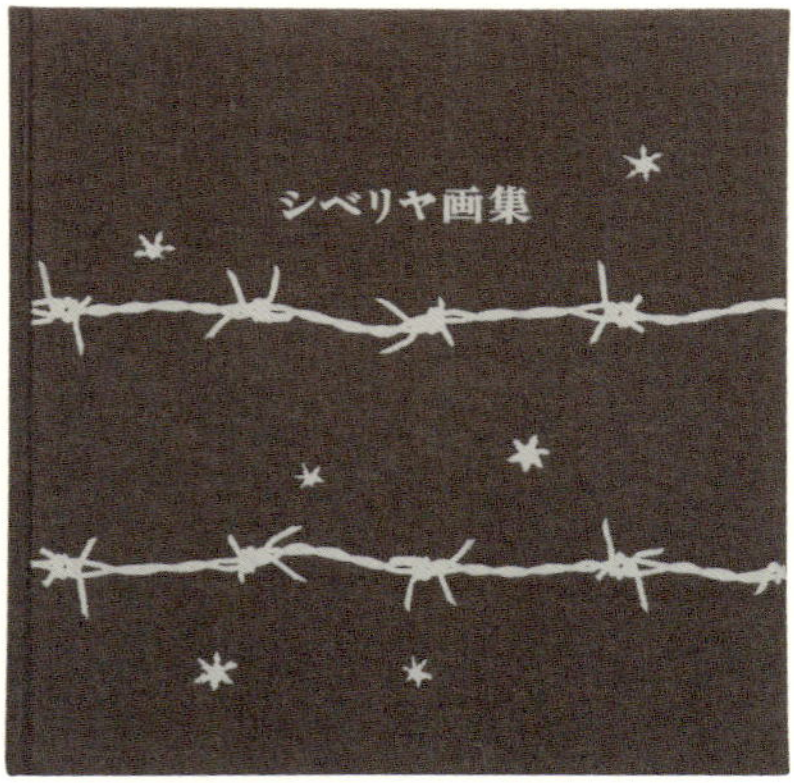

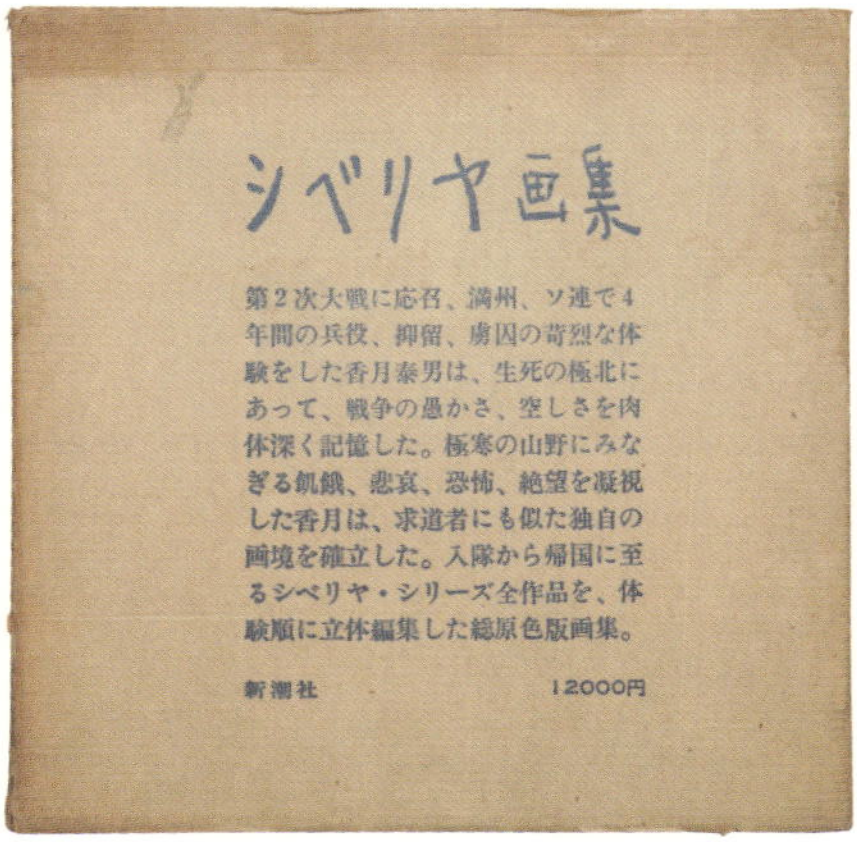

香月泰男『シベリヤ画集』
新潮社　昭和四六年一〇月三〇日
Ｂ３判変形　二重函　一二〇〇〇円

香月泰男さん

「新潮社日本芸術大賞」というのがありまして、香月さんは昭和四四年にその一回目を受賞したんです。ぼくは画集とか写真集がわりかし得意だったんで、香月さんの編集担当になったんですね。そうしたら、なぜか知らないけど気に入られて、それからは二人でよくべろべろになるまで酔っ払いました。「キリコなんてのは偉いな」。そんな話を伺ったと思うんですが、細かい話はもう全部忘れてしまいました。

香月さんは山口にお住いになっていて、飛行機でずいぶん訪ねました。心臓が弱い人だったから、夜に出かけようとすると、奥さんに「あまりお飲みにならないで」といつもいわれました。温泉地がすぐそばだったから、近くに飲み屋がたくさんあったんです。

香月さんはお医者さんの息子でしたが、若いころは勉強はほとんどしなくて、裏山で絵ばかり描いていたんです。作品は戦争への恨みつらみもあって、暗い重厚なものでしたが、お人柄は明るかったです。お人形やおもちゃをつくったり、「今日はお土産がないからこれをあげよう」といってぼくに作品をくださったりしました。

戦争のことやシベリア抑留のことはほとんど話されませんでした。

香月さんが住まわれていたところは山口の田舎のほうだったから、毎日ブラブラされていたようです。ムスタングというい車に乗っていて、車にはカセットテープがたくさん積んであって、よく流行歌を聴いていました。山口の宇部空港に行くまでは山を越えて二時間くらいかかるんですが、その車でいつもぼくたちを迎えに来てくださいました。

仕事はテレビでシャンソン歌手が歌っているのを見たりしながら、ササッと終わらせてしまう。ものすごく早いんですよ。海外にもよく旅行に行って、たくさんの絵を描いて帰ってきていました。

東京では、銀座の瞬生画廊の上に別室があって、そこで昼寝をされたり、昼間からお酒を飲んだりしていました。

そのころには、ぼくはもう版画の制作をはじめていましたが、香月さんにはいいませんでした。自分の作品を私小説のようなものだと思っていましたから。

島村利正さん

昭和四六年の夏です。「新潮」に「奈良登大路町《ならのぼりおおじちょう》」という二〇枚ぐらいの短篇が載っていました。主人公が空襲から奈良と京都の文化財を守ったラングドン・ウォーナーのことを思い出すという話なんですが、ぼくは一読してすっかり惚れ込んじゃいました。

実をいうとそれまで島村利正《としまさ》のことはよく知らなかったんです。利正《りせい》さんはもう六〇歳近くだったんですが、それまで本も一冊か二冊しか出していませんでしたから。

でも、ぼくはなんとしてもこの人の本を出したくて、押しかけようとさえ思っていました。それですぐにお手紙を出したら、利正さんから新宿のどこだか、どら焼きが美味い甘いもの屋で会いましょうといわれて、そこで初めてお会いしました。お酒は召し上がらないのかなと思ったらけっこう呑み助で、二人ですっかり酔っ払ってしまいました。

それからは二人でよく飲みましたね。利正さんは気取ったクラブなんかに行くのは嫌いなんです。なんでもない汚い変な飲み屋で飲むのが好きなんですね。ご自身のことを「信州の山猿」とおっしゃっていました。

酒飲みが二人でお酒を飲んでいると不思議なもので、どちらかが酔っ払っても一方は介抱役になって酔わないんです。ぼくが酔っ払うと利正さんが冷静で、利正さんが酔っ払うと、ぼくはいくら飲んでも酔うことはありませんでした。

酔っ払った利正さんが飲み屋の女将に惚れて、そのお店で一晩居座ったこともありました。あのころは新宿からぼくの家までタクシーで五、六〇〇〇円かかったんですが、よく朝方に帰宅しました。

利正さんは若いころに小川晴暘《せいよう》の飛鳥園という古美術の写真や出版をやっていたところで働いていたんです。寺内の仏像を撮影するときはライトをあてずに一晩くらいシャッターを開けっ放しにして撮るんだとおっしゃっていました。

利正さんは志賀さんのお弟子さんですが、大学は出ていなくて、小川晴暘にお金を出してもらって英語の専門学校を卒業されています。そういう昔のことをよく話されていました。

利正さんとのおつきあいは一〇年くらいです。本は『奈良登大路町』（昭和四七年）、『青い沼』（五〇年）の二冊を担当しました。

利正さんの身体に食道がんが見つかってどれくらい経ってからでしょう。飲み屋の席で「私はもう死ぬんだ」とおっしゃいました。とても几帳面な人で、「あれはどこどこに返しておいてくれ」とぼくが預かっていた利正さんの資料の行き先を遺言されました。

ぼくはお葬式にも参列しましたが、知らない人が多かったのを覚えています。

谷内六郎さん

昔は押し入れの中で絵を描いているような引っ込み思案の人でしたが、不思議と気が合いましてね。新潮社では作家を缶詰にするために家を一軒借りていたんですが、そこで夜通し六さんとゲラゲラ笑いながら仕事をしました。『遠い日の絵本』（昭和五〇年）というのは、ぼくがつけた題なんですよ。

身体は丈夫ではなかったですが、わりあい声が大きくて、仕事も早かったですね。「週刊新潮」の表紙絵を一日で五、六枚描いたりしちゃうんですよ。ぼくはそれを横で見ていましたが、下描きなしでぶっつけで描いていくんです。

当時、六さんは「週刊新潮」以外の仕事はほとんどしていませんでした。ぼくは会社で仕事をしながら原稿用紙に思いつくままに絵コンテを描いて、それを六さんに郵送したりしていました。かなりの確率で採用されましてね。川が流れていて、それが帯の模様になるという絵があるんですが、あれはぼくが考えたんじゃなかったかなあ。

そのころは、六さんの仕事を低く見ている人たちもいました。会社はどうしても、五味康祐とか、石原慎太郎とか、筒井康隆とか、人気作家のほうを向きますし、六さんも自分のことを「駄菓子屋の巨匠」なんていっていましたからね。

でも、ぼくは六さんの絵も、素朴な人柄も愛していました。初期の暗い感じの絵がとくに好きでした。健康になって、作風も少しずつ変わっていきましたが。

電話もよくかかってきましたし、筆まめでもありました。さみしくなると、ぼくに連絡してくるんです。当時の六さんはお金もありましたが、遠出する人ではなかったから、成城の町でパチンコをしているとかなんとかいって。

「いやになったらぼくの家に遊びにこい」といったら、ぼくの家に本当に遊びにきてくれましてね。

近所の小学校に来て講演をしてくれ、とお願いしたこともありました。そうしたら「ぼくは話はできませんけど、絵なら描きますよ」といって、子どもたちに一枚一枚絵を描いてくれました。講演場の体育館にずらっと列ができて、近所の文房具屋から色紙がなくなったのを覚えています。

六さんは喘息もちで、強い薬をまとめて飲んでしまって、六〇歳になる前に亡くなってしまいました。かみさんと二人で葬式に参列しました。

土門拳さん

土門さんは人物写真をたくさん撮ってらっしゃいますが、実は人物はあまり得意ではなかったんです。仕事のテンポが遅いものだから、被写体がイライラしてしまって、それで「土門時間」という言葉が評判になったこともありました。

お付き合いがはじまったのは土門さんが昭和三六年に「芸術新潮」に「私の美学」という文章をいくつか書いて、ぼくがその単行本の担当になったのがきっかけです。すでに『ヒロシマ』は評判になっていて、昭和三八年には最初の『古寺巡礼』も出ました。土門さんはもう五〇歳を過ぎていました。

土門さんはおかあさまと一緒に築地明石町に住んでらっしゃいましたが、「私の美学」を本にするために何度も通いました。そうすると他誌の編集者たちといっしょになって、帰りはいつも終電車でした。

結局、「私の美学」は本にならなかったんです。その代わりというわけではないですが、同じ「芸術新潮」に連載していた岡部伊都子さんの古寺訪問シリーズの表紙の写真に土門さんの写真を使わせてもらいました。『古都ひとり』(昭和三八年)などです。

土門さんは昭和四三年に萩で脳出血で倒れ、それからは療養生活に入りました。リハビリのために信州の温泉に行かれていたところを訪ねたら、嬉しそうに笑ってばかりいましたね。

それからずいぶん経って、ぼくが一回目の個展を開いたときは、突然車椅子でいらっしゃったので感動しました。版画を見ながら、回らない舌で「いいね、いいね」とおっしゃってくださいました。

晩年はご子息の進学の関係で麴町のマンションに住まわれていました。

これは土門さんのお弟子さんから伺ったのですが、土門さんが普段あぐらをかいて座っている場所の後ろに何段かの引き出しが置いてあったそうなんです。それで、その引き出しに小さな札が張ってあって、その中のひとつに小さな字で「山高登」と書いてあったと聞き、びっくりしました。

そういえばぼくが雑談なんかをしていると、土門さんが「いまの話をもう一度いってくれ」といって素早くメモに書き留めて、それを引き出しの中に仕舞われたことがありました。

たとえば硯箱の蓋などに、芒《すすき》が生えていてそこに大きな月が出ているという絵がありますよね。あれは「武蔵野の月」というんですが、「武蔵野は月の入るべき嶺もなし尾花が末にかかる白雲」という大納言通方の歌から来ているんです。

そういうことを土門さんに話すと、「それは面白い話だ」ととても喜んでくれました。

ぼくが知ってる土門さんは好奇心が強くて、シャイな人でした。

装丁の話

最初は林芙美子担当の同僚から装丁の相談をされて、「こうやってこうやるといいいんじゃないかね」なんて返事をして、そうしていくつも相談にのっていたんです。そのうちにちっぽけなカットを自分で描いたり、タイトルの活字を詰めたり、そんなことまでしはじめました。本づくりがおもしろかったんですよね。神保町あたりを歩いていると「あっ、この本は参考になるぞ」なんて思って何冊も古本を買ってきて、それをデスクに積んでいました。

そのうち自分の担当した本を自分で装丁したりするようになりました。それが上手くできたのかわかりませんが、後輩も「先輩にはかなわねえ」なんていってぼくに装丁を依頼してきて、それでずいぶん社内の装丁をやりました。若い彼らはぼくに仕事を押しつけて、麻雀かなんかに行ってしまうんですよね。

当時は中央公論にも岩波書店にも装丁が得意な編集者が一人や二人いました。ぼくらは名前も出ませんし、それで給料が上がるわけでもなかったんですが、だれかにお願いして思うようにならないのだったら、自分でやったほうが早いと思ってしまうんです。

新潮社以外の仕事を初めてやったのはポプラ社の『新日本少年少女文学全集』の『小泉八雲集』(昭和三四年)です。装丁は武井武雄さんで、ぼくは版画で挿絵を担当しました。「たきび」の作詞で有名な児童文学者の巽聖歌さんが、ぼくの送った版画の年賀状が素晴らしかったからといって依頼してくれたんです。同じ全集の『新美南吉集』(三五年)もやりました。

ぼくが四〇代半ばぐらいになると、他社の仕事が増えてきました。編集者からというよりは付き合いのある作家から名指しされるような流れで装丁をやっていました。坪田譲治さん、水上勉さん、萩原葉子さんたちですね。

島村利正さんは瀧井孝作さんの装丁にぼくを推薦してくださいました。二見書房から出た『釣の楽しみ』(五〇年)という本です。ぼくは瀧井さんの書く字が好きで、新潮社でも『俳人仲間』（四八年）という本をつくりましたが、あれは瀧井さんの家に行って、こういうふうに題字を書いてください、とお願いしたものです。ぼくは会社では陽の当たらない存在でしたが、『俳人仲間』に関しては、広告代理店の人がうちの社長に「あれはいい本ですね」と褒めてくれたらしくて、社内でも評判になりました。

五〇歳にもなると毎月のように他社の装丁をやっていました。電車のなかでゲラを読んで、家で装丁用の版画に取りかかるんです。他社の仕事は会社から怒られたらやめようと思っていたんですが、会社の仕事はちゃんとやっていたので、上からなにか言われることもありませんでした。

家に帰ったらまず版画の道具を用意して、茶の間に刀《とう》と紙をもっていって、それから食事をしました。そばに刀がないと落ち着かなかったんです。

それでいざ彫り始めると夢中になってやっていますから、チロチロと鳥の声が聞えてきて、「おかしいな」と思ったら夜が明けていたなんてこともよくありました。

宇野千代さん

宇野千代さんとのお付き合いが始まったのは、宇野さんの晩年のころです。宇野さんは七〇歳を過ぎていて、『薄墨の桜』（昭和五〇年）という作品を担当したんですね。

でも、原稿がなかなかあがってこなくて、催促のために那須にある宇野さんの別荘に伺ったんです。「お友だちがいたら連れてらっしゃい」とおっしゃるから、尾崎士郎先生と親しかった関口良雄さんを連れて。そうしたら宇野さん、とても喜んでくださって。

あの日は本当に楽しかったですね。宇野さんが「健康のためにみんなで民謡を踊るのだから、あなた方も参加しなくては駄目よ」とおっしゃるから、食事のあとにみんなで民謡のレコードに合わせて踊ったんです。そうしたら、関口さんが宇野さんのお弟子さんのワンピースを着て踊りはじめたものですから、みんなでお腹をかかえて笑いました。

本ができあがってしばらく経ってから、萩原葉子さんといっしょに三人で宇野さんの生まれ故郷である岩国まで旅行もしました。宇野さんから岩国の錦帯《きんたい》橋《きょう》を版画にしてほしいと頼まれたんです。

萩原葉子さんとは装丁をとおしてお付き合いがありました。『柱時計』（青娥書房・昭和四九年）や『セビリアの驢馬』（北洋社・五二年）といった本です。岩国では宇野さんが「あなた、もっと書かなきゃだめよ。朔太郎の血はあなたじゃなくて、息子の朔美さんのほうに濃く流れているんじゃないの」なんて萩原葉子さんに発破をかけていたことを覚えています。

宇野さんはいつも華やかな格好をしていて、テレビにもよく出てました。でも、本人はテレビに出るのが心底いやだったとおっしゃっていました。

宇野さんはうちの母と同じ明治三〇年生まれなんですが、二人がぼくの個展でばったり出くわしたときには、お互い「まあ、若い！」なんていい合っていました。うちのおふくろはともかく、宇野さんは若くて奔放な人でした。親くらいに年が離れた人でしたが、こんなお手紙をいただいたこともあります。

あなたと言ふ方は、何と言ふお気持の優しい人であらうとしみじみ思ひました。その優しさが表にはなかなか現はれてゐないので、つい、うつかりとして了《しま》ふ人もある、と思ひました。ものを理解するために、その優しさが加はると言ふのは、何と言ふ有難いことかと思ひました。

いかにも宇野さんらしいですよね。

宇野千代

新潮社を辞める話

昭和四五年の一一月二五日、ぼくは友だちと飲む約束をしていたんです。そうしたら会社に三島由紀夫が市ヶ谷の自衛隊に突入したという一報が入ってきました。みんな大騒ぎです。でもぼくは知らんぷりして約束どおり銀座に飲みに行ってしまいました。

その当日か翌日かは記憶にないんですが、たくさんの取次が三島の本が売れると見込んで会社にやってきましてね。でも新潮社はそんなことで儲けるのは恥ずかしいといって倉庫を閉めてしまいました。あのときはヘリコプターも上空を飛んでいました。

ぼくは三島さんが会社に来たときにクラブへ案内したことがあるくらいで、直接担当をしたことはありません。三島さんは傘をとても細く巻かれていました。いまはそんなことだけが不思議と記憶に残っています。

担当していたのは小島喜久江さんといって、ぼくとどっちが先に入社したかわからないくらいの古い人です。

とても立派な人でね。彼女は会社を辞めたあともフリーの編集をして、瀬戸内寂聴さんの本なんかをつくっていました。

今年もリュックサックを背負って、ぼくの銀座の個展に来てくれたんですよ。


ぼくが会社を辞めたのは昭和五三年です。約三〇年間勤めました。もともと宮仕えが好きじゃないんですが、それよりもそのときは版画をやりたくてやりたくて仕方がなかったんです。

家族に三月いっぱいで会社を辞めることを伝えたら、家内は「どうなの？生活は大丈夫なの？」といいました。「大丈夫だよ」とこたえましたが、その実はなんのあてもありませんでした。

でも先ほどお話ししたように、そのころはあちこちから声がかかって他社の装丁をやっていましたし、銀座の瞬生画廊での版画の個展も決まっていました。

会社を辞めた次の日から、自分の部屋で立ったまま一日中版画の制作です。足がガクガクになるくらい仕事をしていました。会社勤めをしているころよりも忙しかったぐらいです。

独立してから担当した装丁は木山捷平さんの旺文社文庫『長春五馬路《ウーマロ》』（昭和五二年）、上林先生の『半ドンの記憶』（集英社・五六年）、木山みささんの『台所から見た文壇』（三茶書房・五七年）、福武書店の『正宗白鳥全集』（五八〜六一年）などです。作家でいうと三浦哲郎さん、小沼丹さん、増田れい子さんの仕事が多かったですね。

百閒さんがお亡くなりになったあと、六興出版というところから百閒さんの本がいくつか出たんですが、その装丁もやりました。『阿房列車の車輪の音』（五五年）、『鬼苑乗物帖』（五七年）といった本です。

とにかく目が悪くなるまでたくさん仕事をしました。

坪田譲治さん

坪田さんには息子が三人あって、彼らがみなぼくの中学校の先輩だったんです。そういう縁もあって担当になったんですが、長い間本当によくしていただきました。その恩返しというわけではないですが、新潮社を辞めるときに『坪田譲治全集』（昭和五二〜三年）を編集しました。

坪田さんは児童文学で有名ですが、それよりもご自身の周辺のことを書かれた私小説的な作品が好きで、「新潮」にポツポツ書かれた作品を『昨日の恥・今日の恥』（三六年）、『賢い孫と愚かな老人』（四〇年）などにまとめました。

本が完成すると大体一〇冊、作家の家へ持っていくんですが、坪田さんのところに本を持っていくと、坪田さんはすぐに押入れの奥の方にゴソゴソとしまい込むんです。「妻のことを悪く書いているんでね」なんていって。

坪田さんの出世作は戦前に出た『子供の四季』ですが、それは当時の社会事情と関係しています。この小説は都新聞で連載していたんですが、はじまったのは昭和一三年。支那事変の翌年で、国家総動員法が施行された年です。

坪田さんに白羽の矢が立ったのは、子ども向けの小説なら毒にならないだろうという理由だったと聞いています。というのも、それから三年後に徳田秋声が同じ都新聞で『縮図』の連載をはじめるんですが、軍から「この時勢に芸者が出てくる小説なんてもってのほかだ」といわれて、連載をやめてしまうんです。そういう時代でした。

坪田さんは小説を昔から書いてらっしゃって、早稲田に在学していたころは鬱勃としながら作家魂に燃えていたとお伺いしました。でも、とにかくご飯が食べられないわけですよ。それでお兄さんが経営されていた岡山のランプの芯をつくる会社で仕事をして、また東京に戻るという生活を繰り返していたとおっしゃっていました。岡山の職場では「譲さんに気をつけろ」といわれるくらい仕事が手につかなかったらしく、早く東京へ行きたい、小説を書きたい、と思っていたらしいです。

坪田さんは昭和三八年に「びわの実学校」という童話雑誌を創刊されましたが、ぼくはその表紙を担当しました。会社員をやりながら隔月で版画を彫って、毎月編集会議にも参加していました。

「びわの実学校」では原稿料や装丁料は出なかったんですが、そこではたくさんの若い童話作家たちが原稿を書いていました。松谷みよ子さんがその筆頭です。

ぼくは結局二四年間、表紙の版画を彫りましたが、それも坪田さんへの恩返しのつもりです。坪田さんが亡くなってからも、しばらく「びわの実学校」の表紙を彫っていました。

井伏さん、小沼さん

大久保のとある飲み屋に行くと井伏先生に会えるよと教えてもらって、それからそこに通うようになりました。

居酒屋というよりはバーみたいな店です。井伏さんが好きなアットホームな感じの女性がいるんですね。

新潮社にいたころに井伏さんを担当したことはありません。直接の担当者はいましたが、そいつは野暮天で、お酒もあまり飲まなかったんです。

ぼくはその担当に隠れるようにして井伏さんに会いにいっていました。もちろん事前に約束するんではなくて、いるだろうと思って店に行って、偶然居合わせたような顔でいっしょに飲むんです。

ぼくは井伏さんが大好きでね。お酒を飲んでいると、ちょこっちょこっとおもしろいことをおっしゃるんです。書いてらっしゃる作品と同じでその間合いがいいんですよね。「イタチがひっくり返って笑った」なんて、ふとつぶやくようにおっしゃる。ジョークなんていうのもまた間合いですからね。

井伏さんはお酒がとても強くて、一晩でダルマ一本くらい平気で空けていました。堅っ苦しい話、仕事の話は一切しませんでした。ぼくはそれにつきあって終電を逃して、友人の家に泊めてもらったり、タクシーで帰ったりしていました。

新潮社を辞めてからは井伏さんとのお付き合いも少なくなっていたんですが、ぼくは井伏さんの装丁がずっとやりたかったんです。それがようやく叶ったのは昭和六一年の『鞆《とも》ノ津《つ》茶会記《ちゃかいき》』です。井伏さんはもうだいぶご高齢でしたが、本が出来上がるととても喜んでくださいました。

小沼丹さんともよく飲みました。

歌人の高野公彦さんがまだ河出書房の編集者をしていたころに、「藁屋根」を描いた版画はあるか?とぼくのもとを訪ねてきて、「ありますよ」と高野さんに作品を渡したら、それが小沼さんの『藁屋根』（昭和五〇年）という単行本の装丁に使われたんです。

小沼さんはぼくの作品をとても気に入ってくださって、それからお酒をご一緒したりするようになりました。

新潮社を辞めたあとには『山鳩』（五五年）の装丁も担当しました。これは題字も書きましたね。ぼくは装丁に活字を使わないときは字書きにお願いしないで自分で書いてしまうんです。

小沼さんは尾崎一雄先生にいわせると古い文士のタイプで、なんとなく漱石のような低徊趣味があるというような感じの人でした。お酒も静かで、ベラベラしゃべるようなこともありませんでした。

個展をやるとよく見に来てくださいました。帽子を被って、さっぱりとした服装で、いかにも紳士という格好でね。

忘れられないのは小沢書店の『小沼丹作品集』（五四〜五五年）。これも装丁をやらせてもらいました。

小沢書店という出版社は輸入紙を使ってもなにをしても文句はいわなかったですね。おかげでとても贅沢な本づくりができました。

書票について

書票はそもそもヨーロッパから入ってきた文化です。海外の書票は銅版画が主流ですから、色がないんですね。日本はそうではなくて、棟方志功や竹久夢二、川上澄生たちが色のついた美しい書票をたくさんつくっています。

日本にも書票の収集家はたくさんいます。ぼくは古本こそ買い集めましたけれど、書票の収集はしていなかったんです。会社を辞めて、版画家として独立してしばらく経ったころに、ギャラリー吾八という出版も手がける骨董屋の主人から「山高さんならできるはずだ。やってほしい」と依頼があったんですね。それで書票をつくるようになりました。昭和六〇年ごろだと思います。

ひとりひとりから直接オーダーを受けて彫っていたわけではありません。ギャラリー吾八が窓口となって、誌面で募集をかけるんですね。そんなにたくさん彫れませんから、だいたい二〇人ぐらいで注文を締め切って。

ぼくが彫る書票は多色刷りで手のかかったものだったので、わりと評判がよかったんです。募集をかけると、だいたい一日で予約がいっぱいになりました。お客さんに彫ってほしいモチーフがあれば、それを応募時に書いてもらいます。なにも希望がないようだったら、ぼくが図案を考えます。

そういうときは、ガス灯や人力車なんていう文明開化ものが多かったですね。関東大震災と戦争で失われる前の東京。ぼくはそうしたものに故郷や、理想郷のようなものを見ていたんだと思います。

図案が決まったら、書票用に細かく和紙を切って、彫るのに一晩。刷るのに一日、二日。一回の申し込みにつき、だいたい五〇枚ほど刷っていました。

これまでつくった書票は三〇〇種類ほどです。書票の本来的な使い方は、気に入った本の奥付に貼るというものですが、みなさんそういうことはされていなかったみたいですね。ミニチュア版画として眺めたり、マニア同士で交換してコレクションされたりしていたようです。

ちなみに「EX-LIBRIS」という文字はラテン語で「だれそれの蔵書より」という意味です。

のぼるぞうしよへの

木村直助蔵

Ex-Libris
長谷川勝三郎

靜江
愛書

江守藏書
吾妻橋

金浜蔵

Ex-Libris
河野英一

山高登藏
きしや
と
でんしや

山高登（やまたか・のぼる）

大正一五年東京生まれ。昭和二二年に新潮社に入社。二〇年ごろより独学で木版画の制作をはじめる。五三年、新潮社を退社し、木版画の創作活動に専念する。著書に『東京の居心地　画かきの旅』（本阿弥書店・平成八年）、作品集に『東京昭和百景　山高登木版画集』（シーズ・プランニング・二六年）などがある。

日本人の心
カリフォルニヤ

東京の編集者
山高登さんに話を聞く

二〇一七年四月二五日　第一刷発行
二〇一七年十月二五日　第二刷発行

著者　山高登
発行者　島田潤一郎
発行所　株式会社 夏葉社
〒一八〇-〇〇〇一
東京都武蔵野市吉祥寺北町
一-五-一〇-一〇六
電話　〇四二二-二〇-〇四八〇
http://natsuhasha.com/

装丁　櫻井 久、中川あゆみ（櫻井事務所）
書影写真　高見知香
印刷・製本　中央精版印刷株式会社

定価　本体二三〇〇円+税

ISBN 978-4-904816-24-0 C0095 Printed in japan